殺す覚悟を持て。
生き残る覚悟を持て。
覚悟のない臆病者は、
惨めに無様に
死んでいくだけだ。

contents

元暗殺者、転生して貴族の令嬢になりました。

2

プロローグ　リエンブール王国

side.シャハルナーズ

幸せだった。とても。

貴族の娘、しかも高位貴族である公爵家に生まれたからには政略結婚は当たり前。そこに愛情なんてない。

現に私の両親もそうだった。結婚も子作りも全ては義務、仕事なのだ。

子供が産まれれば、それで仕事は終わり。後は使用人や乳母に任せておけばいい。

邸《やしき》で両親を見るのは一年に数回程度。後はそれぞれの恋人のところにいた。

家族とはこんなものだと思った。結婚とはこんなものだと思った。

使用人は他にも仕事があるから、私にばかり構うことはなかった。使用人にとっても私の世話はただの仕事でしかなく、本当に最低限の世話しかされなかった。

だから自分の人生とはこんなものだと思った。

それが変わったのは学生の時だ。ラヒーム殿下との出会いが私の全てを変えた。

ラヒーム殿下は入学当時から令嬢達にとても人気が高かった。

もちろん、第一王子という身分もあるだろう。女性の生活は嫁《とつ》ぎ先次第で変わるから。

でも、それだけじゃない。スラリとした身長に整った顔立ち、傲慢で強引なところもあるけど、立場や容姿に見合ったもので、そこが更に殿下の人気を高めた。

私もそんな殿下に憧れる令嬢の一人だった。

公爵家の令嬢が王族に嫁ぐことは、家格的には決しておかしなことではない。でも私なんかが殿下にお近づきになれるわけがないと思っていた。

学園で時折見かけて挨拶を交わして、その程度で満足していた。だからとても驚いた。

「初めて会った時からお前のことが気になっていた。俺の妃になってほしい」

そう言われた時には、夢だとさえ思った。

「凄いじゃない。あなたでもやればできるのね」と母から珍しく声をかけられた。

「王族と縁続きになるのは公爵家にとって喜ばしいことだ。良くやった」と父が褒めてくれた。

両親が初めて自分の存在を視界に入れてくれた。声をかけてくれた。私の存在は二人に認められたんだ。そう思うと嬉しかった。

憧れていた殿下の婚約者にもなれる。これが喜びか、これが幸福なのかと私は初めて知った。

幸せだった。とても、幸せだった。

だから忘れていた。王侯貴族にとって結婚は仕事で、そこには愛も幸福もありはしないということを。決して忘れてはいけなかったのに。


「悪いな、シャハルナーズ。今日は彼女との先約があるんだ」

「ごめんなさいね」

「……気にしないでください、殿下。お二人で楽しんできてください」

「ああ。じゃあな」

「いってらっしゃいませ」

殿下は婚約後も多くの令嬢に人気があり、とても社交的な方だったから私以外の人とよくこうしてお出かけをしていた。

でも大丈夫。私は婚約者だから。結婚して、子供さえ産めば殿下は私のことを見てくれる。

あら？　子供を産むのは仕事だから、産んでしまえば私と殿下の関係は終わってしまうのかしら？

いいえ、そんなことはないはず。だって私はただの後継者を産むわけではないもの。私が産むのはこの国の王になる子供だもの。だから気にしない。

殿下と出かける令嬢が勝ち誇ったような笑みを見せようと、「殿下からお誘いを受けなかった方」と嘲笑されようと気にしない。だって私は殿下の婚約者だから。

私、今とても幸せよ。だって本当の意味で殿下の隣に立てるのは私だけだもの。

†††

いったいどうして?

学校を卒業して、私は殿下と結婚した。

子供も産まれた。銀色の髪と青い目をした男の子。

シャガードと名付けた。みんな喜んだわ。だってリエンブールの後継者を産んだんだもの。

たくさんの使用人や貴族から「おめでとう」って言われたわ。

両親からも「よくやった」と褒められたの。

私は自分の仕事をしっかりとこなしたでしょう。なのに、どうして。

「今日も殿下はいらっしゃらないの?」

「申し訳ありません。殿下はその、仕事で出掛けてまして、今晩はお戻りにならないかと」

嘘つき。私、知っているのよ。あの人がどこに居て、誰と居て、何をしているか。

ねぇ、どうして。

「お母様？」

赤ちゃんだったシャガードはあっという間に四歳になった。

ねぇ、あの人はその間に何回王宮に帰ってきた？　シャガードの顔を何回見た？　私とどれだけ会話をした？

「お母様、寂しいの？」

優しい子。可愛い子。私と殿下の子供。

不安そうに私の手をぎゅっと握っているのに、この子は「僕が側にいるから元気を出して」と笑うのだ。

「……して？」

「お母様？」

そう。この子がいるのだ。私はこの国の後継者を産んだのだ。なのに、どうしてあの人は帰ってこないの？

「どうして側にいるのがあの人じゃないの？」

「……」

こんなこと、この子に言っても仕方がないのに。

†††

シャガードは六歳になった。

殿下がやっと私の元に帰ってきた。

「今、なんと仰《おっしゃ》いました？」

殿下から声がかかったのは、本当に久しぶりのことだった。

やっと殿下が私に目を向けてくれたのだと舞い上がった。でも、殿下の元へ行くとそこには若くて美しい女性がいた。

私、この方を知っているわ。王宮内で、社交界で有名だもの。殿下のお気に入りの子爵令嬢。たしか名前はアニータ・アラバンと言ったかしら。

その隣にはシャガードと年齢がそう変わらない二人の子供がいた。

青い髪に桃色の目をした男の子に、夕焼け色の髪に桃色の目をした女の子。

二人とも殿下とアニータにとても似ていた。

「私とアニータの子だ。男女の双子で男のほうはイスマイール。女のほうはアイーシャだ」

「殿下は私がシャガードを妊娠している間に、愛人を妊娠させていたんですか」

「愛人だと？」

「ラヒーム、気にしないで。私は気にしていないわ」

アニータは殿下の御名を呼び捨てにし、彼に寄りかかる。その豊満な胸を殿下の腕に押し付けて。なんて下品な女なのだろう。

「彼女は私の最愛だ。愛人などとふざけた言葉で彼女を汚《けが》すことは許さん！」

「……最愛」

じゃあ、私は何？

愛していると仰ってくださったじゃないですか。

「クスッ。ごめんなさいね、シャハルナーズ。私達、愛し合っているの」

ああ、またこの笑みか。たくさんの令嬢から向けられる勝ち誇った笑み、嘲笑。もう見飽きてしまった。

「それはとても喜ばしいことですね、アラバン子爵令嬢。ですが、殿下の恋人になるのであれば貴族間でのマナーには気をつけてくださいね、アラバン子爵令嬢。あなたと殿下がどのような関係であろうと私は殿下の妻であり、元公爵令嬢です」

「あら、ごめんなさいね。シャ・ハ・ル・ナ・ー・ズ・」

「私のほうこそ余計なお世話を焼いてごめんなさいね。殿下があなたのそういうところを気に入ったのは分かっているのだけど、王宮ではそれを許さない人もいるから」

私のほうが身分は上だと指摘したことに対して、アニータはそれもすぐに覆《くつがえ》ると言外《げんがい》に主張してくる。

だから王宮では娼婦のように振る舞うだけでは生きていけないわよ、と最後に締め括らせてもらった。そんな女の攻防をしていることが馬鹿らしくなってくる。

私はアニータの隣にいる子供達に目を向ける。

「殿下、その子達をどうなさるおつもりですか？」

この国に婚外子をまともに扱う貴族はいない。ましてや王族の婚外子なんて最悪、余計な火種になるとされて処分対象にだってなる。認知された側室の子とは違うのだ。

ましてやアニータは子爵令嬢。彼女にも彼女の家にも力はない。アニータにあるのは殿下の寵愛《ちょうあい》だけ。それだっていつまで続くか分からないもの。

「決まっているだろ。俺の子として認知させる」

「っ。では、シャガードはどうなさるおつもりですか？　殿下は王位争いを望まれるのですか？」

「王位争い？　そんなものは起きない」

「ですが、殿下はその双子を自分の子として認知されると先程仰ったではありませんかっ！　それはつまり、その二人にも王位継承権が与えられることを意味します。それなのに王位争いは起きないと本気で思っているのですか？」

「ああ」

アニータを見ると、自分の子が王位を狙えないと殿下に断言された割には余裕の笑みを浮かべている。

どういうことなの？

アニータを見るに、権力欲はかなり強い。殿下の寵愛を受けたのなら次に狙うのは私のいる正妃の座だろう。そして私とシャガードを追い落として自分の子を王位に就かせようとするに決まっている。

恋は盲目というけど、殿下はそんなことにも気付けなくなってしまったの？

「シャハルナーズ、嘘偽《うそいつわ》りなく述べよ。あれは本当に俺の子か？」

は？

「何を、言って、いるのですか？　正真正銘、あの子は私と殿下の子です」

「俺に似ていない」

「確かに私にそっくりではありますが、肖像画をご覧ください。ラシード陛下の若い頃に似ているではありませんか」

「公爵家なんだから過去を遡《さかのぼ》れば王族が降嫁《こうか》したことぐらいあるだろ。似ていてもおかしくはない」

「まぁ、ではシャガードはラヒームの子ではないと？　シャハルナーズはどなたかと不倫関係にあったということですか？」

アニータはわざとらしく驚いてみせる。そしてニヤリと笑って「とんでもない裏切り行為ですね」と言ってきた。


盲目になっていたのは私だ。

彼女達は私に不貞の疑惑をかけてシャガードを婚外子にするつもりだ。

私には常に使用人や護衛騎士が張り付いている。彼らの目を掻《か》い潜《くぐ》って不貞なんてできるわけがないのに。

「ふざけたことを言わないでくださいっ！　とんだ言いがかりです。シャガードは間違いなく私と殿下の子です」

「まぁ、熱くなっちゃって。余計に怪しいですわ」

「娼婦《しょうふ》は黙っていてくださいっ！」

「シャハルナーズっ！」

「きゃあっ」

殿下に殴られた。

「シャハルナーズ様っ」

護衛騎士が慌てて駆けつけてくるのがぼんやりと見えた。騎士になだめられた殿下はまだ興奮が治まらないようで、鼻息を荒くしながら私を睨《にら》みつけていた。

アニータは殿下に殴られた私を楽しそうに見つめている。

「無様」と言葉にはしてこなかったけど、口パクでそう伝えてきた。

ああ、本当にそうね。なんて無様なのかしら。

†　†　†

大丈夫。こんな状況は隣国との国境での紛争を鎮圧する為に遠征に行っているラシード陛下が帰ってきたら、全て解決する。

だから大丈夫。

「シャガード殿下、ラヒーム殿下との子供じゃないらしいわよ」

「次期王妃が不貞とはな」

大丈夫。

「いったい誰と不貞を働いたんだか」

「そりゃあラヒーム殿下もアニータ嬢のほうを大事にするってもんだ」

「ああ。浮気は男の甲斐性ってな。でも女の浮気はいただけねぇな」

「殿下に相手にされなかった当て付けだろ」

大丈夫。

「……お母様」

大丈夫。

「ラヒーム殿下はどうするつもりなんだろうな」

「普通に考えれば子爵令嬢でしかないアニータ嬢を正妃にはできないし、公爵家の令嬢を蔑《ないがし》ろにすればあちらの家だって黙ってないだろうからな。シャハルナーズ様の正妃は不動だろう。ただお飾りではあるだろうけど」

「まぁ、そうなるよな。殿下の寵愛は全てアニータ様に向いているし」

大丈夫。

「シャハルナーズ！」

「……お母様、お父様。あの、私」

母は鬼のような形相をしてズカズカと私の元に来ると、頬を思いっきり引っ叩いた。

「なんて情けないのっ！　あんなポッと出の子爵令嬢なんかに負けるなんて。お前は王宮で今までいったい、何をしていたのっ！　これでは公爵家の恥じゃない」

「王子を産んでおいてこの様《ざま》とは情けない。お前には失望した」

…………大丈夫。私は、大丈夫。まだ、大丈夫。


「お母様」

あら、あの二人はいつ帰ったのかしら？　全然気付かなかったわ。

部屋も真っ暗ね。私、ご飯食べたかしら？　いつから食べてないのかしら？

「お母様」

ああ、でもお腹が空いていないから大丈夫ね。

「お母様」

部屋も埃《ほこり》だらけね。いったい使用人達はいつから掃除をしなくなったのだろう。

「お母様」

シャガードはご飯を食べたかしら？

大丈夫よね。もう、赤ん坊ではないのだから。

お腹が空けば自分で食堂ぐらい行けるでしょう。

「疲れた」

「お母様、疲れたの？　じゃあ、ベッドへ行こう。僕が連れて行ってあげる」

グイグイと何かが袖を引っ張る。私はその存在を見つめる。

ああ、私の息子だ。私と殿下の子。

「私は、王子を産んだのに、この国の後継なのに。私と殿下の子なのに」

息子は私の袖を引っ張るのをやめる。不安そうな目が私を見つめてくる。

「お母様？」

「やめて」

「お母様？」

「私を母と呼ばないでっ！」

「……」

大丈夫なんかじゃないっ！

どうして大丈夫だなんて言える？　どうして大丈夫だなんて思える？

大丈夫なわけないじゃないっ！　どうして誰も気付いてくれないの。

誰か私を助けてよぉっ！

あの人を愛していたのに、変わらぬ愛を誓い合ったのに、全て無駄だった。この王宮には何もない。

「お母様」

シャガードは不安そうな顔で私のドレスの裾を摑《つか》む。

私にはそれが、まるで私を逃《のが》すまいとする鎖のように見えた。

「あなたも私をこの牢獄《ろうごく》に繫《つな》ぐの？」

一瞬だけ、シャガードの手が緩んだ。

私は息子に何を言っているのだろう。息子も私と同じ。この牢獄に閉じ込められた被害者なのに。一番、罪がないのに。ただ、生まれてきてしまっただけなのに。

「……お母様」

それでも息子は私の裾を必死で引っ張る。自分を見てと言うように。

私の可愛い息子。でも、なんの役にも立たない息子。

愛する私の息子。でも、現状を作り上げたあの男の血を引いた息子。

あんなに愛し合ったのに、私だけだと言ってくれたのに、変わらぬ愛を誓い合ったのに全ては砂上の楼閣《ろうかく》だった。

「……私は、幸せになりたい」

「お母様？」

私は気がついたら息子の手を払い除《の》けていた。驚く息子。きっと母が何をしたのか、これから何をしようとしているのか理解できないのだろう。

「私は幸せになりたいの」

私は走り出した。後ろで悲痛な叫びが聞こえた。

ああ、息子が私を呼んでいる。分かっている。引き返さなければ。立ち止まらなければ。

でも、なんの為に？　どうしてここに留まらなければならないの？　どうして耐えなければならないの？

誰も愛してはくれないのに。誰も顧《かえり》みてはくれないのに。

みんな私を馬鹿にする。みんな私を嘲笑する。哀れだと口にする。

なら、ここに留まる理由などないじゃないか。引き返す理由などないじゃないか。

「オスマン」

私はただ一人、私に手を差し伸べてくれた騎士の手を取って王宮を飛び出した。

愛する息子を残して。

†††

side.リエンブール王・ラシード

「今すぐ馬鹿息子達を呼んでこいっ！　使えぬ奴の側近も含めてだっ！」

クソっ、なんてことだ。考えの足りないところはあるが、執務は無難にこなすから側近をつければ問題はないと思ったのが間違いだった。

控えめで思慮深く、息子のラヒームに尽くし支えてくれるであろうシャハルナーズを王妃として娶《めと》らせ、第一王子ができたのを見届けて全てを整えてから遠征に行ったのに。帰ってみればまさかこんなことになっているとは。

「シャハルナーズとオスマンの捜索をしろ」

「連れ戻しますか？」

「いや、ここにいることに耐えきれずに逃げ出したのだ。連れ戻すのは哀れだろう」

一度その地位から逃げ出した者に、貴族の目は厳しい。わざわざ悲劇を生む必要はない。

「ただ、安全な場所で暮らせているか確認してほしい。公爵令嬢が平民として暮らすのは大変だろうから、せめてもの慰謝料として生活の援助を手配しろ」

命じられた側近と入れ替わりにラヒームと件《くだん》の子爵令嬢、そしてラヒームの血を引いてしまった婚外子達が来た。

「父上、長きにわたる遠征、お疲れ様でした。今日は父上に喜ばしい報告を」

「騎士団長、その女の頭に乗っているティアラをとれっ！　誰ぞ、金庫番を連れてきて、この場にて斬首にせよっ」

「父上っ⁉」

「ちょっと、何するのよっ！　放しなさいよ！」

「陛下」

女の頭から取り上げたティアラを騎士団長が持ってくる。

それは間違いなく王妃となれる者だけが頭に着けられる、国宝。私がシャハルナーズに贈ったものだった。

決してこの女の頭に着けていいものではない。

「金庫番を連れて参りました」

金庫番は口を真一文字にし、ガタガタと震えながら騎士に連行されてきた。

国宝を預かるのは金庫番の役目。彼が管理していたはずのティアラをその女が着けていたということは金庫番の仕業ということだ。

どのような理由にせよ、管理を怠ったということで罪を問われるのは法律で決まっている。

それが分かっているから金庫番の顔は恐怖に歪《ゆが》んでいた。

「なんぞ、言い訳はあるか？」

「……ございません。陛下より賜《たまわ》った役目をこなせず、申し訳ありません」

王妃だけが着けることが許されるティアラを、他者に渡すことは重罪。

例え、ラヒームが権力を使って無理やり金庫を開けさせたのだとしても。

例え、家族や知人を人質に取られていたとしても。

場合によっては国を揺るがす事態にも発展しかねない為、例外は認められない。

「お前の家族に累が及ばないことを約束しよう。今まで真面目に役目を果たしたお前に免じて、最低限ではあるが援助も行わせる」

「陛下のご慈悲に感謝します」

「家族に言伝《ことづて》はあるか？」

「では、妻に今までありがとう、愛していると。子供達を頼むと伝えてください」

「分かった」

金庫番と一緒にやって来た処刑執行人が、私の命令で彼の首を刎《は》ねた。

「きゃあぁぁぁっ！」

目の前で人の首が刎ねられたことで女は悲鳴を上げ、子供達とラヒームは青ざめていた。

私は転がった金庫番の首をラヒームに押し付け、言い渡した。

「お前が犯した罪だ」

「……俺が？」

「そうだ。権力にものを言わせるとはこういうことだ。罪なき者を罪人にし、その命さえも奪うことができる。それが権力者だ」

私が子供達に目を向けると二人ともびくりと身体を震わせた。

殺すのは可哀そうだが、争いの火種になる。遠くにやるよりは近くで見張っておいたほうがいいか。

この馬鹿息子もこの女も権力欲の塊。だが、処刑する程の罪を犯したわけではない。

理由なき処刑を王が行なってはならない。それでは国を滅ぼす暴君だ。

「今回のことで公爵家から抗議が来ている。お前の行いで公爵家との間に溝ができた。いくら王族でも、貴族から相手にされなくなれば国を運営することはできない。王族だけでは国は運営できぬのだ」

だから臣下を大切にしろと口を酸っぱくして言っておいたのに。王太子をさせるには不安があり立太子はさせていなかったが、正解だったな。

「側近は解散させる。そしてラヒーム、お前の王位継承権を剥奪する」

「父上っ」

「王の許可なく国宝を持ち出した上に、正妃である公爵令嬢を蔑《ないがし》ろにし、あまつさえ彼女に不貞の疑惑までかけて出奔《しゅっぽん》させる程追い詰めたのだから妥当であろう。彼女には常に周囲の護衛の目があった。一人きりになる時間などない彼女に、隠れて不貞をすることは不可能だ。それを誰よりも知っているはずのお前が周囲に言いふらして噂を煽《あお》ったこと、全て調べはついている。シャハルナーズは不貞を犯してはいない。シャガードは紛れもなくお前とシャハルナーズの子だ。この国の後継者だ」

「陛下、シャガード殿下を連れてきました」

不安そうにするシャガードを近くに来させ、私は自分の胸元に着けていたルビーのブローチを彼の胸元に着ける。

そのことにラヒームも臣下達もどよめいた。子供達と女だけは何が起こったのか分かっていないようだ。

「シャガード、このブローチは国宝でな。代々の王が身に着ける。そして自分の最愛に渡すものなんだ」

「さいあい？」

「愛しい人ということだ」

その国宝を渡すということは、シャガードこそこのラシードが認めた唯一無二の後継だということ。

だが、それは彼を守りもすれば危険の多い立場に立たせることにもなるだろう、諸刃《もろは》の剣《つるぎ》だ。それでも何も持たない今よりかはマシだ。

「ルビーはあらゆる危険や災難から持ち主の身を守り、不屈の精神を育み、戦いを勝利に導くとされる石だ」

残りの二人の哀れな子供達が、どのような未来を辿《たど》るかは分からない。それは王が感知すべきことではない。

「リエンブールの後継はシャガードただ一人。そこの二人を王籍に入れることはない。リエンブールの姓を名乗らせることも許さん」

「陛下、アイーシャとイスマイールはラヒームの子です」

女が俺に噛み付いてくる。

「ああ、だから王宮に住まわせることは許可しよう。母親から離すのは可哀そうだから、そなたも許可してやる。どのみち、帰る場所なんぞないだろう」

咎《とが》を恐れた子爵家は、娘がラヒームの子を妊娠したことを知ってすぐに勘当したようだが、
私がそれを許すわけないだろう。

「二人にはそなたの実家のアラバンの姓を名乗らせろ」

王族になれると本気で思っていた女には、これ以上ない屈辱だろう。

「話は以上だ。下がらせろ」

一、留学生

アストラ王国にリエンブール王国から三人の留学生が来ることになった。

「だからってどうして私が世話係に？」

珍しく父のアルトが邸《やしき》に帰ってきているなと思ったら、早々に執務室に呼び出された上にとてつもなく面倒な仕事を押し付けられることになった。

「陛下たってのご希望だ。我がヴァイオレット公爵家としても、リエンブールの王族と関係を築けるのはこの上なく光栄なことだ」

王族だろうがなんだろうが、たかが人間との新しい関係に光栄かそうじゃないかなど存在しない。あるのは利益か不利益かだろう。そんなものを〝光栄〟なんて薄っぺらい言葉で飾り立てて、何を企んでいるのか。

「三人の世話をする必要はないですよね」

「ん？」

リエンブール王国から来る留学生は三人だが、そのうち二人は王宮に住まわされてはいるが現王に王族と認められていない。その母親も殿下の妃の位につくことを許されてはいない。言わば愛人と妾子《しょうし》になる。

「シャハルナーズ前王子妃殿下の子であるシャガード殿下のみが、現王ラシード陛下に認められた王族であり、〝リエンブール〟姓を受け継いでいます。残りの二人、イスマイール殿とアイーシャ嬢は母方の姓を名乗っていて、〝王族〟ではありませんよね」

事前に仕入れた情報によればこうだ。

彼ら三人の父親でありラシード陛下の唯一の実子であるラヒーム殿下は、当時公爵令嬢だったシャハルナーズ前王子妃殿下と婚姻を結んだ。

王侯貴族には珍しい恋愛結婚だと当時は騒がれ、第一王子であるシャガード殿下が生まれた。だがラヒーム殿下はその頃にはすでにシャハルナーズ前王子妃殿下との関係に飽き、子爵令嬢のアニータと愛人関係になっていた。

そのことに耐えられなくなったシャハルナーズ前王子妃殿下は、当時六歳だったシャガード殿下を置いて王宮を出て行った。

するとラヒーム殿下はアニータと二人の間にできた子供二人を王宮に招き入れ、まるで妃と王子・王女のように扱わせた。

全てはラシード陛下が遠征で不在の時に行われたことだった為、陛下はこの暴挙を止められなかった。

遠征から戻って事態を知った陛下の怒りは激しく、ラヒーム殿下の王位継承権を剥奪。

アニータは王子妃と認められず、婚姻すらできていない。イスマイールとアイーシャも王族の血を引いてはいるが王族と認められてはいない。

ただ、親ゆえの甘さか、せめてもの慈悲として三人とも王宮に住むことだけは許されている。

「確かに現時点で正統な後継と認められているのはシャガード殿下のみ。でも今回の留学人数は三人だ。今の段階で付き合い方を定めてしまうのは早計だと私は考えるよ。世の中、何が起こるか分からないのだから」

ラシード陛下は現在五十五歳。まだ現役でいらっしゃるけど、シャガード殿下ら三人は同い年の十七歳だ。イスマイールとアイーシャは双子だと聞くし。

もしシャガード殿下の足場が固まっていない状態でラシード陛下に何かあれば、ラヒーム殿下を利用したい貴族達が動き出す可能性はある。欲深い人間にとって都合のいい権力者は、正統性の高いほうとは限らないのだから。

それにもちろんシャガード殿下自身に何かあれば、一気にラヒーム殿下側が優位になる。

更に今回リエンブールとアストラが、シャガード殿下だけではなく残り二人の留学を認めた理由や、二人の目的も不明だ。

もしものことを考えて、残り二人にもある程度の敬意を払っておくべきとアルトは言いたいのだろう。

ああ、やっぱり貴族になんて生まれ変わるべきではないわね。面倒ばかりで腹の足しにもならない。

「承知しました。ついでにもう一つよろしいですか？」

「何かな？」

「どうして我が家なのでしょう。高位貴族は我が家だけではありません。他にも世話をできる人間はいたはずです。その中で我が家が選ばれた理由はなんでしょう」

どうしてこんな面倒な役回りがうちに回ってきたのか。まさかエヴァンが何か企《たくら》んで裏から手を回したとかじゃないわよね。もしそうならシメる。

「理由は二つ。一つは高位貴族の中で我が家だけがどの派閥にも属していないから。だからって地位が低いわけでもないしね」


そう、少し前までアストラの貴族界には三つの派閥があった。第一王子のエヴァンを王に望む正妃派と、第二王子のエインリッヒを王に望む側妃派、そしてそのどちらにも属さない中立派だ。

最終的にエインリッヒは失脚し、側妃は何者かに暗殺されて派閥は瓦解《がかい》した。まあ、側妃を殺ったのは私なんだけどね。

　対立していた一方が消滅したからといって、全てなかったことにして、これから派閥関係なく仲良くしましょうとはいかない。

　王子が一人になった今、側妃についていた派閥はエヴァンに取り入ろうと必死だし、それは中立派も同じだ。

　唯一、我が家だけはそこから距離を置こうとしている。つまり、信用できる家が我が家しかなかったということか。

「今、リエンブールは表面的には問題ないように見えて水面下では色々起きているし、問題だらけ。ラシード陛下の意思ははっきりしているけど、それでも王位争いは起こっているんだよ」

　下手な貴族を近づけて手を組まれれば、アストラも王位争いに巻き込まれる可能性がある。しかし、友好国である以上は留学を断ることもできなかった。もしくは、この留学には両国王の間で何かやり取りがあったのかもしれない。互いに利益になる何かが。

「二つめの理由はセレナ、君の存在だよ」

「私、ですか？」

「君なら何か問題が起こっても対応できるだろう。聡明さはもちろんだが、下手な騎士よりも動けることが、狩猟祭の事件で多くの貴族に目撃されているしね」

派閥抗争の最中に起こった、側妃のヘラが正妃の子であり第一王子のエヴァンを亡き者にしようと狩猟祭で魔物を手引きした事件。

王子を含む貴族が集まる場を魔物の群れが襲うという緊急事態の中で、私は魔物と対峙《たいじ》することになった。

混迷を極めた場ではあったが、参加人数が多かった為に目撃した人間も多かったということか。どうせスカラネットあたりが嬉々として話しているのだろう。やっぱり見殺しにしとけばよかった。


アルトはなぜ私が戦えるのか、一度も聞いてはこなかった。興味がないのか、大した問題ではないと判断したからなのか。理由は分からない。

元々何を考えているか分からない人だとは思っていた。最初は付き合う時間が短いからだと思っていたけど、違う。彼自身が隠しているからだ。巧妙に自分の考えや思いを。

「戦闘能力が必要な出来事でも起こると？」

「あくまで可能性の話だよ」

にっこりと笑うアルトから真意を読み取ることはできない。

「ああ、それとティグル君だったかな？　彼も学校に連れて行っていいから。特別に許可はもらっている。レディであるセレナではフォローできないことも多いし、エヴァン殿下だけでは公務もあるから手が回らないだろうからね。留学生がいる間だけの特別措置だ」

「これは決定事項だよ」とアルトは笑う。

貴族社会もそうだけど、この男もなかなか面倒な人間だ。

「分かりました」

面倒ごとが少ないことを祈るしかないな。

†††

そして留学生を迎える日、私はリエンブール王国の客人の予定時刻よりも一時間早く王宮に着いた。今回一緒に世話をすることになったエヴァンとの打ち合わせがあるからだ。私やエヴァンのフォローをしないといけないティグルも一緒に登城した。

「やぁ、セレナ。相変わらず麗《うるわ》しいね」

そう言ってエヴァンは私の手を取りその甲にキスをする。

会ってすぐに女性の見た目を褒めるのがこの国の紳士の挨拶であり、王子である彼はそれをごく自然に行えるぐらいに身につけている。

とはいえ、私相手には不要な挨拶だ。そうエヴァンに何度も言っているのだが、彼は何度言っても挨拶のやり方を変えない。

「お互い、面倒な仕事を押し付けられたもんだね。少々厄介な話だけど、今回の留学の裏というかリエンブール国王の真意を話しておくよ」

そう言ってエヴァンは話を切り出した。

「リエンブールから来る三人の関係性は知っているね」

「ええ」

「じゃあ、そこは省くよ。シャガード殿下以外は王族として認められてはいない。けれど、残り二人も王族の血を引いているのは確かだ。下手に野放しにすると馬鹿どもに利用される可能性がある。だからリエンブール国王は敢えて王宮に留まらせることを選んだ」

なるほど。噂では王の慈悲とか言われてたけど、ちゃんとした理由があったのね。

「王族の血を引いているというのはそれだけで厄介だ。例えばシャガード殿下に何かあった場合、次の王は王族の血を引く者の中から選ばれるだろう」

そして現在、シャガード殿下には少なからぬ回数、暗殺者が送り込まれている。

彼を殺して残り二人のうちどちらかを王位に、と考えている連中がいるということだろう。

それは貴族の誰かなのか、あるいは父親のラヒーム殿下か。

「でもラシード陛下は二人を王族として認めてはいないのでしょう」

シャガード殿下を殺しても、簡単に玉座が近くなるとは考えにくい。寧《むし》ろ一番疑われるだろうから、玉座から遠のく可能性もある。

「それに王族にも傍系がいるでしょう。万が一の時は傍系の誰かを王にすればいい」

「まぁね。でもそうなると血が遠くなっちゃうから、それは避けたいんじゃないかな」

「くだらない。〝血〟なんて命を循環させる為の機能の一つであって、資質や能力とは無関係じゃないか。なのに王族も貴族も皆が血にこだわる。まるでそれが崇高な何かかのように。馬鹿げた話だ」

「……フッ、ハハッ」

急に黙ったかと思ったら、エヴァンは腹を抱えて笑い出した。こいつの笑うツボがまるで分からない。

「いやぁ、本当にその通りだよね。本当、セレナは最高だ」

笑いすぎて出てきた涙を長いまつ毛から拭って、エヴァンはそう言った。そして彼には珍しく真剣な顔をする。

「いつか、血に関係なくその能力で評価される時代が来るだろうね」

何か予言めいたそのセリフに込められたエヴァンの覚悟を、この時の私はまだ知らなかった。

「話を戻すよ。今回の留学でリエンブール国王としてはイスマイールとアイーシャに問題を起こして欲しいんだよね。取り返しがつかないぐらいの。だからそれまではある程度見逃すというか泳がせたいんだ」

「問題を起こさせることで、なんらかの処罰をしたいと？」

「そう。さすがに処刑とか流刑とか重たいものまでは期待してないけど、玉座は無理だって自国の貴族の大多数に思われるぐらいの失態をリエンブール国王は期待している。そうすれば、たとえ担ごうとする貴族がいても反発勢力のほうが強くてとても難しいからね」

「そこまでの労力をかけてまで排除するとは御大層なことだ。いっそのこと殺してしまったほうが楽だろうに。どのみち社会的に抹殺するのならば、それを物理的に変更しても問題はないだろう。そのほうが優しさだと私は思うよ。世の中、生きているほうが地獄なんてことはザラにある」

「物騒だね。そう簡単に命は奪うべきではないよ。それじゃあ無法地帯と一緒だ」

「問題を起こすと分かっていてアストラに送ることより、私の提案のほうがよっぽど優しいと思うけど」

問題を起こして王宮を去ることは、彼女達にとっては屈辱的なことだろう。

多くの貴族を見てきたから、貴族にとって王宮に入ることがどれだけ嬉しいことなのかは分かる。そこに入る為にどれだけの血を貴族が流したのか、どれだけの血を貴族が欲したのかも。

そして権力争いに負けて王宮を去った貴族の末路も見てきた。現世ではなく、前世にだけど。

それを考えると、殺してしまったほうが慈悲の心ではないのかと思う。まぁ、別に彼らの末路に興味がないからどうでもいいけどさ。


ただ気に入らないのはリエンブール国王の「せめてもの慈悲で命だけは取らずにおいてやるんだから感謝しろ」という厚かましさだ。

「わざわざ他国で問題を起こさせるなんて。アストラは世界の中でも小国じゃない。そのアストラで問題を起こせば、社交界追放は免れない。それは貴族的には〝死〟を意味するのではないの？」

私ならそうなっても気にしない。社交界を追放されようが家から勘当されようがどこでも生きていける。

だって今は貴族令嬢だけど前世ではスラムの薄汚いガキ。泥水を啜《すす》り、腐った残飯を食べて生きていたのだから。それに今世でも暗殺者としてそれなりに仕事はもらっているしね。

でも生まれた時から貴族として王宮で暮らしていた連中には無理だろう。何も知らずにどうやってこの世を生き抜けるのか。

「直接手を下していないから、彼らの死に自分達は無関係だと罪悪感を和らげる為か？　偽善的な行為には嫌悪を抱く」

「大概の人間が偽善的だよ。それに俺達は陛下から与えられた役目をこなすだけだ。さっきも言ったように、あちらさんにはある程度大きな問題を起こしてもらわなければならない。だからセレナもティグルも多少のことには目を瞑《つむ》れよ。それと君達二人にはシャガードの護衛もしてもらうから」

「貴族令嬢に頼む仕事じゃない」

「ただの貴族令嬢なら陛下もこんなことは頼まなかったさ」

「殿下、リエンブール国御一行が来られました」

「すぐに行く」

内容が雑談に変わり始めた頃、王宮の侍従が私達を呼びに来た。部屋を出る際に「二人ともくれぐれも自重しろよ」とエヴァンに念を押された。

信用がないことで。

王宮の外で私達は客人を迎えた。

エヴァンは外行きの胡散臭《うさんくさ》い笑みを浮かべる。

「ようこそ、アストラ王国へ。私は第一王子のエヴァン。こちらはヴァイオレット公爵家嫡女セレナ」

「セレナ・ヴァイオレットです。エヴァン殿下と一緒に皆様のお世話を仰せつかりました。よろしくお願いします」

私はドレスの裾を摘《つま》んで貴族令嬢としてのお辞儀をする。

「彼はヴァイオレット家の侍従でティグル。公務や学業で忙しい私の代わりに皆さんのお世話をすることもあると思うので今回、紹介させていただきます」

ティグルは胸に手を当てて軽く頭を下げる。

「丁寧な紹介ありがとうございます」

「……」

「……」

「……」

………は？

アストラ側の挨拶が終わったら当然、次はリエンブール側が挨拶する番だ。

普通は身分の高い者がまず名乗り、次に一緒に来た者達を身分の高い者から順に紹介していく。最初にエヴァンが見せたのが通常の礼儀作法だ。

リエンブール一行で一番身分が高いのはシャガード。今回、彼は唯一の王族なのだから。

けれど一歩前に出て話し始めたのはなぜか身分の低いイスマイール。それを咎める者はリエンブール国側にはいない。

一緒に来た使用人や従者も、馬鹿どもがやらかすことを期待してある程度は見逃すつもりで咎めないのかと思って様子を観察してみた。だが彼らの表情から、そうではないことはすぐに分かった。

なるほど、リエンブール国はイスマイールとアイーシャだけではなく、一緒に来た従者達もろとも暴走することを期待しているのか。つまり彼らはイスマイールとアイーシャを次期王にと考えている馬鹿どもということだ。

アストラはいつからゴミ箱になったのだろう。

「私はイスマイール・アラバン。こちらは妹のアイーシャです」

「アイーシャです。エヴァン殿下、お目にかかれて光栄です」

ぽっと頬を染めてエヴァンを見るアイーシャ。性格はともかくとしてエヴァンは見た目がいいから令嬢にモテるのだ。アイーシャも例に漏れなかったようだ。

青い髪に桃色の瞳をしたのがイスマイール。夕焼け色の髪に桃色の瞳をしたのがアイーシャ。この二人が問題の双子か。となると、残りの銀髪に青い目をした彼がシャガード・リエンブールということになるが……。

イスマイールは自分達の紹介が終わると、早く城の中を案内してくれとばかりに私達を見る。どうやら誰もシャガードを私達に紹介してくれる気はなさそうだ。

いくら自国で軽んじているとはいっても、立場というものがある。他国ではそれなりに取り繕うものだが、それさえもしないとは。

本来ならアストラを馬鹿にしているのかとさえ思える行為。実際、後ろで控えているエヴァンの部下達は今にも怒鳴り出しそうだ。

殺気が背中に当たって痛い。

でも多分、馬鹿どもはアストラを馬鹿にしているのではない。自国で許された行為が他国でも通じると思っているのだろう。そこに何の疑問も抱いてはいないようだ。それはお付きのものも同じ。

「シャガード殿下、お会いできて光栄です」

仕方がなしにエヴァンは自らシャガードに近づき握手を求めた。

「シャガード・リエンブールです。私こそお会いできて光栄です、エヴァン殿下」

シャガードは戸惑いながらもエヴァンの握手に応える。その様子を馬鹿な双子が睨みつけている。

もうこれ、不敬罪適用で国に送り返したら？　と目でエヴァンに訴えたけど無視された。

まだこの茶番を続けるのね。面倒臭いな。

「シャガード殿下、私のことはエヴァンとお呼びください。あなたとは同じ立場なのですから。敬語も不要です。同じ立場同士でしか分からない悩みもあるでしょう。そういうのを相談できる仲になれたらと私は思っています」

「ありがとう、エヴァン。私のこともシャガードと呼んで欲しい」

「では、そうさせてもらうよ。シャガード」

エヴァン、辛辣だな。イスマイールの不作法をスルーしてたけど、やっぱり怒ってたんだ。

『お前達二人は立場が違う』と他国の王子に言われて、二人とも顔を真っ赤にして俯《うつむ》いている。

馬鹿な二人だと思う。身の丈に合った態度を取れば、身の丈に合った幸せぐらいは掴めたのに。それを自らぶち壊しにここまでやって来るなんて。人の欲望とは際限のないものだ。

二、お茶会はいつも殺伐としている

「エヴァン殿下、夜会でのエスコートをお願いできますか？」

今夜はリエンブール王国御一行を歓迎する為の夜会が開催される。彼ら三人には夜会まで部屋で休むように言って私達も一旦は下がった……はずが、それからすぐにアイーシャが訪ねてきた。

「アラバン子爵令嬢、貴殿のエスコート役はアラバン子爵令息だと伺っている」

「あら、いいじゃありませんか。私、エヴァン殿下がいいのです」

エヴァンの『身分を考えろ。お前は王族ではない子爵令嬢だ』という遠回しな断り文句を笑顔でスルーして、アイーシャはなぜか腰をくねらせた。そして上目遣いでエヴァンを見つめる。

「いいですよね？　ヴァイオレット公爵令嬢」

「どうして私に聞く？　エヴァンが決めることで私が関与することではない」

「そうなんですかぁ。ヴァイオレット公爵令嬢がお優しい方でよかったです。私達、お友達になれそうですね」

「冗談だろ。お前みたいな馬鹿と友達なんてごめんだ」という言葉は、ティグルに口を塞がれてしまったのでアイーシャの耳に入ることはなかった。

こんな敵意剥《む》き出しの態度で「友達」とは。正確な定義は私も知らないけど、少なくとも一般常識では当てはまらないことぐらいは分かる。

「アラバン子爵令嬢、エスコートはできない」

「アイーシャと呼んでください、殿下。私も殿下のことを名前でお呼びしてもよろしいですか？」

アイーシャはエヴァンの側に行き、彼に触れようとする。エヴァンはそんな彼女の行動を察してさりげなくアイーシャから距離を取る。

「申し訳ないが私には王族としての立場がある。あらぬ誤解を生まない為にも適度な距離を取るのがお互いの為でしょう」

「……そうですか」

強く出過ぎて嫌われることを避けたのか、アイーシャはエスコートをしてもらうことを諦めたようだ。けれど彼女は転んでもただでは起きないタイプの令嬢のようで「では交流も兼ねてお茶会をしましょう」と提案した。

友好国の客人ということもあり、あまりいろんなものを拒絶して関係を崩すのも良くない、と今後のことを考えたエヴァンは、諦めてその提案を飲むことにしたようだ。

なんだかんだ言いながら彼との付き合いが長くなってきたので、特に関心を寄せなくてもエヴァンの表情から色々分かるようになった。

例えば今は、令嬢が好むような笑みを浮かべているけど、ため息と顰《しか》め面《つら》を押し殺して精一杯相手をしているとか。

常識人を装ってわざわざ手間暇かけるやり方を選ぶから疲れるんだ。私が提案した通りに殺してしまえば、こんな面倒を背負わずにすんだのに。自業自得だな。

私は面倒ごとに巻き込まれる前に退室しよう。

アイーシャは私の存在をよく思っていないのか時折、敵意を向けてくれるし。エヴァンに気付かれていないと思っているようだけど、バッチリ気付かれているからね。間抜けな女。

「セレナも」

「お二人で楽しんでください」

さっと立ち上がって部屋から出て行こうとする私の肩を、エヴァンがすかさず摑む。

「まぁまぁ、そう言わずに。女性である君が一番彼女と関わるんだから、交流は深めておかないと」

絶対に逃さないとその目が語っている。

「……(面倒ごとに私を巻き込むな。一人で解決しろ)」

「……（無理。こういう話が通じないタイプは苦手なんだ。君、得意だろ。似たようなのが妹にいたじゃないか）」

「……（あれにしたことと同じことをしていいなら）」

「……（君、妹に何をしたのっ⁉）」

「……」

「……（仮にも客人だからね。他国から招いた賓客。ダメだよ）」

私とエヴァンが目だけで会話する間、アイーシャはきょとんとした顔でエヴァンを見ていた。

「セレナ様、仕事ですし。セレナ様がいたほうが彼女、何かしでかしそうですし、さっさと問題を起こさせて帰らせる為にも積極的に関わったほうがいいんじゃないですか」

私とエヴァンの無言の会話をなんとなく察して、このままでは解決しないと思ったティグルが珍しく口を挟んできた。

「そう、そうだよ。いいことを言うね、ティグル」

嬉しそうに囁《ささや》き返すエヴァン。

普段は牽制《けんせい》し合ったり、何かと言い合っているのにこういう時だけは結託するよね。仲が良いんだか悪いんだか分からない二人だ。

「あまり度が過ぎたら、何をするか分からないから」

「それって脅し？」

「さぁ」

にっこりと笑う私をエヴァンは引き攣《つ》った顔で見つめる。

な・の・に、アイーシャには私がエヴァンを誘惑しているように見えたのか、ギロリと睨んできた。別に怖くはないけど。

ああ、本当に面倒だ。

†　†　†

「すみません、妹が我儘《わがまま》を言ったみたいで」

だったら遠慮して、その馬鹿妹を連れて帰れよ。

結局、お茶会には私とエヴァン、アイーシャとなぜか彼女の双子の兄であるイスマイールが加わることになった。

シャガードは部屋で休むということで不参加だ。まぁ、参加したくないよね。参加したところで二人からいないものとして扱われるか、他国の王族の前でプライドをズタズタにされるだけだろうから。

「……私にではなく、殿下に来たお誘いですから謝罪は殿下にどうぞ」

アイーシャはエヴァンに身体ごと向けて弾丸トークをしている。エヴァンは外行きの顔で相手をしていた。

そしてイスマイールは、そんな妹の不敬を咎めることなく私に話しかけてくる。

「ヴァイオレット公爵令嬢は殿下と親しいのですか？」

「それなりに長い付き合いにはなります」

「ご婚約などの話は？」

随分と突っ込んだ質問をしてくるな。私が誰と婚約しようがお前には関係ないだろうに。

「そういったことは全て両親に任せているので」

「そうなんですか？　希望とかはないのですか？　やはり女性なら相手にそれなりの家柄を望むのでは？　ああ、でも公爵令嬢は一人娘でしたね。ということは婿を迎えるのですか？」

貴族社会で女性は男性の財力により生かされる。だからより良い条件の男に嫁ごうとする。女一人では生きていけないから。

でもそれは普通の貴族令嬢の場合、私には関係ない。

一人でも生きていける術があるし、リックの依頼でかなり稼いでいるから貯金もある。家を追い出されても食うに困ることはない。

「さぁ。両親から特に何も聞かされてはいないので」

イスマイールは無駄にキラキラした顔を向けてきた。いったい、なんだというのだろうか。後ろで控えているティグルはそんなイスマイールが気に入らないようで、殺気を飛ばしている。見た目は無表情だから誰にも気付かれてはいないようだけど。

エヴァンも若干、機嫌が悪い。

私の経験上、お茶会というのは基本、和やかなものではなく殺伐としたものだが、所詮は令嬢のお遊び。血を知らぬ令嬢の敵意など子犬がキャンキャン喚《わめ》いているようなもの。

でも今日のお茶会には実戦経験のあるティグルとエヴァンがいる。そしてその二人の機嫌が徐々に、徐々に悪くなっていく。今だかつてない程、殺伐としたお茶会だ。

誰か一人ぐらいは血を見そうだな、と私はお茶を飲みながら考えていた。

「ご興味はないのですか?」

「アラバン子爵令息、初対面でプライベートのことを聞きすぎでは?」

急に会話に割り込んできたエヴァンに驚きながらも、イスマイールは笑みを深めた。

「申し訳ありません。私も周りにせっつかれていまして」

「あなたの年頃ならそうでしょうね。でも、我が国と貴国では少し距離があるでしょう」

『自国で探せ』とはエヴァンもなかなか酷なことを言う。

この任務を受けてすぐにリックから連絡があり、聞いた情報によると……

『アラバン兄弟はそもそもの立場が危ういし、加えて母親の貴族階級だって高くはない。まぁ、子爵じゃあなぁ。後ろ盾なんてあってないようなもんだし。だから見た目が良くても婚姻してまで縁を持ちたいとは誰も思わない。場合によっちゃあ現王陛下の怒りを買うことになるし。母親を含め疫病神《やくびょうがみ》みたいな感じだよな、王宮でも貴族社会でも。誰もそんなものと関わりあいになりたいとは思わない。だから国内では婚姻で強い後ろ盾を得ることが難しい。今回の留学で自国で得られなかった強い後ろ盾を求めてるんだろうな』

王の甥であり、暗殺ギルドの長でもあるリックが言うのだから情報の精度は高いだろう。そして、リックが調べた他国の情報はアストラ国王の耳にも入る。当然、王太子であり、リエンブール王国からの留学生の世話を命じられているエヴァンの耳にも、その情報は入っているだろう。

「確かに貴国とは少し距離がありますが、移動が不可能な距離ではありません。それに付き合いがないわけでもありませんし」

不可能だと分かっていながら婚約者を自国で探せというエヴァンに、イスマイールはあくまで冷静に対応する。

「確かに交流がないわけではありません。王族の交流はね」

「……」

にっこりと笑うエヴァンに同じく笑みを浮かべながらも、その目に隠せない敵意をちらつかせるイスマイール。

更なる攻防に発展するかと思ったけどまさかの横槍が入る。まぁ、さっきからずっと不満そうにはしていたけど、割って入る空気じゃなかったでしょうに。

「エヴァン殿下、お兄様とばかりではなくて私ともっとお話をしましょうよ。お兄様の相手はヴァイオレット公爵令嬢がしてくださいますわ。そうでしょう？　公爵令嬢」

「それが殿下の命令ならば」

「……私のお願いは聞いてくれないの？」

「私はアストラの公爵令嬢ですので」

リエンブール王国の子爵令嬢の命令を聞く必要はない。王宮に住まおうが誰の血を引こうが、所詮は子爵令嬢。現王に嫡子と認められているわけでも、妾腹《しょうふく》として受け入れられているわけでもないのだから。

「自国でどのように振舞っていたかは存じませんが、ここがアストラであり、私が公爵令嬢であることをお忘れなく。もちろん、あなたが許可もなく抱きついている腕の持ち主が我が国の王太子であるということも含め、よく考えて行動されたほうがよろしいですよ」

「嫉妬は醜いですわよ、公爵令嬢」

なぜそうなる。

「嫉妬する理由がありません」

私とエヴァンの間には何もないのだから。

まあ仮に彼がそういう対象になったとしても、嫉妬をする必要はない。

目障《めざわ》りだと思ったら殺せばいいのだ。私はいつだって彼女達を殺せる側にいる。

三、妄想は人の優越感を満たすものであっても、それを実現しているわけではない

side.アイーシャ

「あらぁ、ごめん遊ばせ。手が滑ってしまって」

パシャリと私のドレスを紅茶で汚した女は高飛車な笑い声をあげる。周りの人達もそれに追随する。

「でも、お似合いではありませんこと？　身分に不相応なドレスがこれでやっとあなたと同等になりましたわね。私に感謝してほしいですわ」

汚れたドレスが私に相応《ふさわ》しい？

私が王家の汚れだとでも言いたいの？　たかが伯爵令嬢の分際で。

私はあんたと違って王宮に住んでいる。いずれは王女になれる身分なのよ。

だって私のお父様は王族なのだから。あんたらのチンケな父親と違ってね。

「上位貴族の令嬢の集まりだと聞いて期待していたのですが、どうやら違ったようですわね」

「どういう意味かしら？」

「お茶の作法も知らないなんて。上位や下位にかかわらず周知されているはずのマナーでしょう。それを知らないとは、私はどうやら平民のお茶会に間違って参加してしまったみたいだわ。確かに、それなら私に不釣り合いなのは当然ですわね」

「この、身の程知らずの卑しい女がっ！　私を平民ですって」

「薄汚い平民と私達を一緒にするなんて、なんて人なの」

ピーチクパーチクとうるさいわね。小鳥ならまだ可愛げがあるのに。こんなドブスのブタ女じゃあ可愛さの欠片もないわね。まぁ、私の引き立て役にはなるかしら。

「お茶をこぼすような不作法な方が淑女だと言い張るつもりですか？　失礼ですがマナー講師を変えられたほうがいいですよ。ああ、私の先生を紹介しましょうか？　お父様が雇ってくださったの」

「……ラヒーム殿下が」

「ええ。きっとすぐにあなたを立派な淑女にしてくださいますわ」

王族が手配する講師は全て一流。お前の講師は三流だから、三流講師の生徒であるお前も三流だと貴族令嬢らしく上品に言ってやれば、顔を真っ赤にして逃げていった。

「喧嘩《けんか》を売る相手ぐらい選びなさいよ」

私は王女。伯爵令嬢如《ごと》きが気安く話しかけていい相手じゃないいんだから。

「馬鹿ばかりで疲れるわ。どこか人のいないところに行きましょ」

私はつまらないお茶会を逃げ出して庭を散歩していた。

気分転換のつもりだったのに、今日の私はとことんついていないみたい。陰気なシャガードに会ってしまったのだ。

「どうしてあんたがいるのよ」

「招待を受けた」

「はぁ!? それでのこのこ出向いたっていうの？ はっ、バッカじゃない！ そんなの一応は王子であるあんたを気遣って建前上送っただけでしょう。それなのにホイホイ出てきて恥ずかしくないの」

本当に呆れる。どうしてこんな鈍感でグズな奴が私の義理の兄なのかしら。

それどころかお祖父様はシャガードのことばかり気にして。

まさかとは思うけど、こんな奴を後継者にとか考えているわけじゃないでしょうね。

やめてよね。こんな奴が存在しているだけで王家の恥なんだから。

「王家のお荷物のくせに、王宮でじっとしていることもできないの？」

「……」

「なんとか言いなさいよっ！」

私が怒鳴ってもシャガードは言い返してはこなかった。

怒っているのは私なのに、私のほうがシャガードよりも偉いのに、まるで見下されている気がする。だから余計に腹立たしい。

「あんたの母親があんたを捨てた気持ち、分かる気がするわ。あんたみたいな可愛げない子供、誰も要らないでしょう」

「っ」

シャガードの顔が僅かに歪んだ。

へぇ、母親のことを言われるとそんな顔をするんだ。マザコンみたいで気持ち悪い。

「あんたが生まれてこなければ、あんたの母親は王宮に残れたかもしれないのにね。私のお母様はとても慈悲深いから、王宮の隅で侍女になるぐらいは見逃してくれただろうし。侍女としてお母様に仕えるなら重宝されていたでしょうし。でもあんたが生まれたからそれもできなくなった。ぜ〜んぶ、あんたのせい。あんたのお母様が王宮を出たのも、幸せになれないのも、どこかで野垂れ死ぬような道を選ばざるを得なくなったのも。みんな、み〜んな、あんたのせいよ。あんた、生まれてこなければ良かったのにね」

そう言って笑ってやったけど、シャガードはやっぱり言い返してはこなかった。

でも、顔を真っ赤にして、握りしめた拳をプルプル震わせる姿を見て私の溜飲《りゅういん》は下がった。

「身の程を弁《わきま》えないから不幸になるのよ」

嫌な奴には会うし、お茶会はつまんないし、もう帰ろ。

†　†　†

「たかが子爵令嬢のくせに、お姫様にでもなっているような言動よね」

「自分の立場を分かってないんじゃない？　自分が王宮の汚れだって」

「シャガード様に対してもすごい態度よね」

「子爵令嬢なら王宮の侍女として働いている私達と同じ階級なのにね」

「そうよね。どうして同じ階級の令嬢を敬わないといけないのか、度々不満に思うのよね」

「すごい偉そうな態度を取られると何様よって怒鳴りたくなるわ」

誰もいないと思っているのだろう。私の世話をする侍女達が王宮で堂々と私の悪口を言っていた。

私と自分達が同じですって？　本当に頭の悪い奴らばかりで疲れる。

どうして私が労働階級の彼女達と同じ立場になるのよ。私は誰かに仕えたこともなければ、働いたこともない。お金に困ったこともない。だって私は選ばれた存在だから。

「あなた達、クビよ」

私が姿を見せて解雇を言い渡すと、さっきまでの威勢の良さは消え、顔を青ざめさせて必死に縋《すが》り付いてきた。

いい気味。解雇されて初めて自分の立場を理解できるような無能は、王宮に必要ないわ。その結果、彼女達が路頭に迷ったとしても私のせいじゃないし、私には無関係よ。

私は子爵令嬢なんかじゃない。私はこの国の王女よ！　その私に楯突けばどうなるかそろそろみんな思い知るべきだわ。

私には自分の立場が揺らぐことがないという確信がある。だってお父様に愛されているのは私だもの。シャガードじゃない。

確かに現王であるお祖父様はシャガードを気にかけているみたいだけど、老い先短い耄碌《もうろく》したジジィの寵愛なんてなんの役にも立たないから問題ないわ。

それにもしかしたら私の可愛さにどこかで気付いて考えを改めるかもしれない。

そう思って私は王女らしく日々を過ごしていた。

すると、私とお兄様はお祖父様に呼ばれてシャガードと一緒にアストラへ留学することになった。やはり私とお兄様は王族になるべく生まれたのよ！

シャガードと一緒っていうのは気に入らないけど、あんなんでも王族の血が入っているからお祖父様も建前上は私達と同等に扱わないといけないから仕方がないわよね。私は寛大だから譲歩してあげる。

「ようこそ、アストラ王国へ。私は第一王子のエヴァン。こちらはヴァイオレット公爵家嫡女セレナ」

そしてやって来たアストラ。そこの王太子は私の隣に立つことを許せるぐらいのイケメンだった。ちょっと邪魔な女がいるけど。

セレナ・ヴァイオレット。リエンブール一美人な私でも思わず見惚《みと》れてしまう、妖しさのある美人だった。……ちょっと、ムカつく。

でも、気にすることはない。どんなに美人でも所詮は貴族令嬢。王女である私には敵わない。それに私とは美人の種類が違うだけ。この美貌はリエンブールだけじゃなく、アストラでだって通じるはず。

この女からエヴァンを奪ってやろう。私のお兄様がリエンブールの王になって、私がアストラの王子妃殿下。素晴らしい未来だわ。

†††

アストラに到着してすぐ、私はエヴァン殿下を籠絡《ろうらく》する為に動いた。

「アイーシャ、ちょっと強引すぎじゃないか？」

エヴァン殿下とのお茶会を終えた後、お兄様は自室に戻らず私についてきた。何か話でもあるのだろう。

「なんのこと？」

「全部だ」

「エスコートを断られるのは想定の範囲内。それと引き換えにお茶会の誘いを受け入れさせる為のものだから、問題ないわよ」

お兄様は心配性ね。他国だから慎重になるのは分かるけど、留学生って期間限定なんだから悠長に構えてられないでしょう。

「私達は子爵家扱いされているけど、私達のお父様は未だ王族よ。そして私達にもその血が流れているわ。だから向こうだって下手に扱えないでしょう。多少の強引さは大丈夫よ」

懸念事項があるとすればあの女、セレナ・ヴァイオレット。あの女はちょっとやばいわね。

自国で相手にしていた馬鹿女どもとは何か違う。どう違うのか具体的には言えないけど。

「それにエヴァン殿下がどういうタイプの男なのか知る必要があるわ。その為には多少の強引さは目を瞑ってほしいわね」

腕に抱きついて胸を押し付けてみたけど、紳士的な対応をされるだけだった。力づくで引き剥がそうとはしなかったけど、私の胸に一瞬も視線をやることがなかった。

初心《うぶ》な男でも、ああやって胸を押しつければ絶対に目はそこへ行くのに。

「籠絡できるのか？」

「攻略方法はまだ分からないけど、すぐに見つけるから大丈夫よ。私の実力は知っているでしょう」

リエンブールで味方になってくれた馬鹿な男達は全部、私が籠絡した男達。男なんて馬鹿ばっかり。ああ、お兄様は当然違うけどね。

私のことを穢《けが》らわしいなんて言っているくせに、ちょっと胸を押し付けたり甘えたりすれば簡単に心を許す。後は征服欲と性欲を満たしてやればいいだけ。

……穢らわしい。

「必ずエヴァン殿下を落として見せるわ。そして私達を馬鹿にした奴らを見返してやりましょう」

「そうだな。お前がアストラの次期王妃で、俺はリエンブールの次期国王だ」

「ええ、そうよ。お兄様」

私達は必ず這《は》い上がってみせる。

〝穢らわしい存在〟なんて言わせない。

〝存在自体が罪〟なんて言わせない。

認めさせてやる、私達の存在を。私達を馬鹿にした奴ら全員に。そして跪《ひざまず》かせてやる。

分からせてやるの。自分達が誰を馬鹿にしたのかを。その姿はきっと滑稽でしょうね。

私は左手に嵌められたラピスラズリの指輪にそっと触れる。これはお兄様からいただいたもの。お兄様は同じデザインにカットした同じ石をピアスにして、片耳に常につけている。

ラピスラズリは試練を与え、乗り越えた者に幸福をもたらすとされる石。

私達はきっとこの試練を乗り越えてみせる。

†　†　†

私達を歓迎する夜会でのエスコートは結局、お兄様だった。

エヴァン殿下にはお茶会の時に断られていたのでここは大人しく従った。あまり我を強く出しすぎても逆効果だ。

貴族の男は弱くて、甘え上手で、従順な女を好む。王子だってそれは同じでしょう。

ファーストダンスは当然だけど相手はお兄様。踊る時には腰をくねらせて、自慢の胸も強調されるようにする。自分を魅力的に見せる方法を熟知している私にとって、初心な貴族男性を誘惑するなど容易いこと。

たまに、役に立たない威張り散らしただけの男が言い寄ってくるから面倒だけど、そこは使える男を上手く利用して排除すればいい。

お兄様とダンスをしながら周囲を確認し、頬を赤くして私を、というか私の胸を見ている男達に流し目を送って微笑む。すると男達は赤い顔を更に赤くし、何人かは慌てて会場を出て行った。

ちょろっ！

「あまり、兄の前で色気全開にしないで欲しいのだけど」

「あら、誘惑されちゃいましたか？　お兄様」

「そんなわけないだろ」

「ふふふ。されてくれてもよろしくってよ。私が存分に可愛がって差し上げますわ」

そんな冗談を言い合っているど楽しい時間はあっという間に終わり、次は馬鹿な男達相手に仕事の時間だ。

お兄様とダンスをしている間に何人かは目星をつけた。まずはその中でも下位貴族から当たっていこう。あいつらを相手にしながら上位貴族の男どもの様子や反応の確認。行けそうなら行く。無理そうならやめておく。

自国と違って味方がお兄様しかいない現状では、あまり上位貴族相手に無茶はできない。ここには私をただの子爵令嬢だと思っている連中も多いだろうから。

狙いを定めながら私はアルコールが置いてあるテーブルへ向かう。誰を最初のターゲットにするかは今決めた。

でも、すぐには行かない。まずはアルコールを手にして、酔ったふりをしながら一人壁際で待機ね。

初心な男に無防備な令嬢が間違えて酒を飲んでしまっている、介抱しなければという言い訳を与えることで、自分に近づきやすくするのだ。

……ああ、面倒。

「アラバン子爵令嬢、それはお酒なので飲まないでください」

「……ヴァイオレット公爵令嬢」

わ・ざ・とっ！　わざと手にしようとしたのに、お酒に伸ばした手をヴァイオレット公爵令嬢に摑まれて、止められてしまった。

こいつ、マジで空気読めよっ！　この私がジュースとお酒を間違えるわけないでしょう。何よ、その間抜けなミスは。

なんて口が裂けても言えない。

「そうだったのね、わざわざ教えてくれてありがとう」

「いえ、仕事ですからお構いなく」

仕事、ね。

セレナ・ヴァイオレット。ヴァイオレット公爵家の嫡女。きっと私とは真逆の人生なのでしょうね。

誰もから認められ、誰にも後ろ指を指されることがない人生。

私は去って行く彼女の背を見つめた。

「……私のことを嫌悪してはいないのね」

彼女のような高位貴族の令嬢の多くは私達の出自を嫌い、近づくだけでも自分達が汚れると思うものなのに、セレナ・ヴァイオレットからはそれを感じない。

というか、そこまでの興味がないのね。その価値もないということかしら。

「あ、あの」

考え事をしているとダンスの時に目をつけておいた男が自分から近づいてきた。頬を染めて、勇気を振り絞って私に声をかけてきたのが彼の様子から分かる。

可愛らしいことだ。

舌舐めずりしている私に気付かず、彼は私の毒牙にかかる。

私は彼の純粋さを利用しても罪悪感なんて抱かない。だって、どうせ彼も私のことを遊び相手にちょうどいいぐらいにしか思わないだろうから。男なんてそんなものだ。

自分達の欲望を満たす為に近づき、都合が悪くなると人の出自を持ち出して無様に喚き立てて自分の正当性をアピールする。本当にくだらない生き物だこと。

四、殺す為の武器と殺さない為の武器

「ほら、お望みの物ができたぞ」

リエンブール王国からの留学生を歓迎した夜会の翌日、私はティグルと一緒にリックの元を訪ねていた。

リック・オズヴァルト公爵。アストラ国王の甥であり、闇ギルドの長として国に害なす者を亡き者にする国家の暗部。

実はリエンブールの留学生と会ってすぐにリックに手配をお願いした物がある。

「なんですか、それは？」

シアが盆に入れて持ってきた物をティグルは不思議そうな顔をして見ていた。

「鉄扇《てっせん》」

「鉄扇？」

私は盆から鉄扇を受け取り、ティグルに広げて見せた。

「言葉通り、鉄でできた扇《おうぎ》よ。武器の所持が不可能な場所で、護身用として使われる武器」

「？　セレナ様は暗器をいつも持ち歩いていますよね？　殿下と会う時も、夜会でも、どこで

も」

それなのに今更そんなものが必要なのかと言いたいようね。確かに、普通なら要らない。でも、今回は……。

「だってあの小娘と小僧は殺しちゃダメなんでしょう？」

にっこりと笑った私にリックは顔を引き攣らせ、シアは変わらずの無表情だが、小さくため息をついた。ティグルは目をパチクリとしている。

「尖ったものを持っていたら私、思わず殺してしまいそうなんだもの。でも、これなら手加減すれば気絶かせいぜい頭にたんこぶができる程度よ」

まぁ、脳内出血を起こさせて殺すこともできるけどね。

「なるほど、攻撃用ではなく寧《むし》ろその逆。殺してしまわない為の武器なんですね」

「ええ」

鉄扇は、鉄だと分かりにくいように黒を基調として蝶と花の紋様があしらわれている。

「そうだ、こっちは俺からのプレゼントだ。シア」

「はい」

リックの指示でシアが持ってきたのは、以前からリックが開発している武器の一つだ。リックはそれを〝銃〟と名付けていた。

以前、リックの頼みで任務中に使ってみたが、音で居場所がバレるし弾を装填《そうてん》する時間も必要になる為、暗殺には向かなかった。

「お前の報告を受けて改良したんだ」

「以前のよりも小さくなっているな」

「ああ。小型銃だ」

名前、そのまんまじゃん。

持ってみると以前渡されたものよりも遥かに軽い。これなら懐に忍ばせることも容易だ。前のは、どこに忍ばせても服が不自然に盛り上がってしまって暗器としては使えなかったからな。殺傷力が高いだけに惜しい武器だと思っていた。

「それともう一つ」

リックがポケットから出したのは指輪だった。二種類の青が交差し、中央にダイヤがついている。

「中央の石が魔法石だ」

魔法石……古代の人間が作ったとされ、精製方法が失われた今となってはかなり希少価値の高い、様々な魔力が込められた石。

見た目は宝石と変わらない為、その存在を隠し宝石と偽ることが多い。この指輪についている魔法石も、一見ただのダイヤにしか見えない。

「この指輪には音を消す魔力が込められている。これで音の問題は解決だ」

ありがたいが、せっかく鉄扇を用意してもらったのに。これでリエンブールの厄介者どもを殺してしまわないように気をつけないと。

「今回は王族の護衛だからな。今まで以上に危険だ。備えは十分にしておかないとな」

王族の護衛、か。


『この方だけは失うわけにはいかないんだ』

『この方を守る為ならあなたと相討ちになっても構わない』


前世で私が最期に殺そうとした男は国の王太子だった。そして私はその男を守る騎士と相討ちになり、死んだ。

その私が今世でまさか王子の護衛をすることになるなんて、皮肉な話ね。

私はシアから銃と銃弾を受け取り、懐に仕舞う。そしてリックから指輪を受け取って装着した。そんな私をティグルがじっと見つめていた。

「何?」

「いえ、何も」

「？」

プイッとティグルは視線を逸らし、リックは面白そうに喉を鳴らして笑った。

よく分からないが、まぁいいか。

「ティグル、帰るよ。明日から忙しくなる」

コクリとティグルは頷く。

「気をつけろよ。ああいう小物が一番厄介だ」

「知っているさ」

自分の力量も分からず、無駄に、見苦しく足掻《あが》く馬鹿を嫌という程見てきた。前世ではスラムで、今世では貴族社会で。

スラムの住人も貴族社会の住人も一緒だ。〝潮時〟という言葉を知らない馬鹿な連中は最後の最後まで見苦しく足掻き、時にとんでもない爆弾を落として自滅することもある。だからこそ油断できない。

世界で一番、厄介で醜い存在なんだ。小物というのは。

「ならいい」

その小物二匹を相手に、あのよく分からない王子様を守らないといけない。私は忠誠を誓った騎士でも護衛でもなく、ただの暗殺者なのにね。

†††

シャガード、イスマイール、アイーシャは今日から私やエヴァンと同じように貴族が通う学校に通うことになっている。

私は王宮から言われている通り、エヴァンと一緒に三人の世話をしながら観察をした。

イスマイールとアイーシャは自国での立場が危ういからだろう、人脈作りに勤《いそ》しんでいる。

ただ、彼らの地位はこれからどうなるか分からない上に、国にとって劇薬にもなる為、上位の貴族は積極的に関わろうとはしなかった。

逆に下位貴族は王宮から来ているというだけで二人を特別扱いし、積極的に関わろうとしている。自分達の利益になると考えているのかもしれない。

一口に貴族と言っても上位と下位では得られる情報量に差があるし、政治と深く関わってこない家柄の子息令嬢は、そういったことに疎《うと》い。この貴族間の溝はエヴァンが危惧するアストラの問題点の一つだ。

ただ、いくら得られる情報が少なくとも、政治に疎くとも、王族であるシャガードに対する彼らの言動や自国の上位貴族の態度、距離感を見て、何かしら察して距離をとる判断ぐらいはできてもいいと思うのだけど。

実際、遠巻きに様子を見ている下位貴族も少なくはない。

つまり、今あの双子に媚《こび》を売っているのは自国の利益を考えられない馬鹿。つまり何かあって私が殺してしまっても問題にはならない連中ということだ。リストに入れておこう。


双子が積極的に人脈作りをしているのに対して、シャガードはまるで息を殺しているみたいに気配が乏しい。王族として認められた唯一の後継者だとしても、彼の立場とて盤石ではない。現王に何かあれば、彼の父がシャガードをどう扱うかなど明白。自分に降りかかる不利益を退ける為の人脈が彼にも必要だと思うのだが、シャガードにはその意志が感じられない。

まぁ、私には関係のないことか。ただ与えられた任務をこなせばいい。


それにしても……。

再びアイーシャとイスマイールに視線を向ける。目に飛び込んでくるのは二人の派手な服装だ。

この学校には制服というものはない。着飾るのは自由だけど、動きやすい服装にするのがマナー。それは事前に伝えてある。実際、シャガードは学校にあったシンプルな服装にしている。けれどあの双子の服装はどう見ても夜会に着ていくものと遜色ない。

「TPOを知らないのか、あの二人は」

それもあってクラスメイトの上位貴族達は双子を忌避している。何か極端な行動に移らないといいけど。

普段ならクラスでの揉め事など気にしないが、今回は私も無関係というわけにはいかない。

面倒ごとを増やしたくはないし、任務の失敗などあり得ない。

もし彼ら、彼女達が動くのであれば私がその連中を排除することになるだろう。


「ねぇ、セレナ」

もう取り巻きを作ったのか。アイーシャは下級貴族を数名引き連れて私のところへやって来た。

「私は今回、あなた方のお世話を命じられていますが、だからといって名前を呼ぶ程親しくなったわけではないのですが。どういうつもりで上位貴族である私の名前を呼び捨てにしているのですか?」

「あら、いいじゃない」

にっこりとアイーシャは笑う。さすがは王族を虜にした女を母親に持つだけはある。その笑顔には、そこら辺の男子が頬を染める程度の威力はあるようだ。

ハニートラップを得意とする暗殺者になれそうね。

「聞きましたよ、あなたって性格が悪いからお友達がいないんでしょう？　だったら、私がお友達になってあげるわ」

殺していい？

「遠慮します」

断られると思っていなかったのか、アイーシャはとても驚いている。

「どうして？」

「私にとって有益な話ではないからです」

「あら、あなたって馬鹿なのね」

自分が馬鹿という自覚がないから、他人を見下せるのが馬鹿という生き物の特徴ね。

「ちょっと、あなた失礼、ぐっ」

横から出しゃばってきたスカラネットの足を踏んで黙らせる。そんなに強く踏んだわけではないのに涙目で睨んできた。まぁ、気にすることではないので無視したが。

スカラネット・ジョルダン伯爵令嬢。彼女の目の前で魔物相手に戦った狩猟祭での一件以来、なぜか懐かれている。

私の反応が納得いかないのか、アイーシャは更に言い募る。

「私はリエンブールの王家の血を引いているのよ」

「そうですよ、ヴァイオレット公爵令嬢。王家の血を引いている方に失礼じゃありませんか？」

「少しはその傲慢な態度を改めてはどうですか？」

周囲で喚き散らすのは、あの夜会でアイーシャの虜にされた連中だろう。

お酒を使って男を誘惑しようとしていたのは止めたが、結局は別の方法で男を誘惑したようだ。手練手管を心得ているな。

だからといって彼女が男好きかと問われるとそれは別問題。彼女を見ていれば分かる。自分に靡《なび》く男を嫌悪の対象にし、全く信用していない。彼等の心理を読み、利用するだけだ。ハニートラップを使う暗殺者もそうだった。

結局はそういう男は、女を見下す言動が多いし、状況に応じて簡単に手のひらを返すからだろう。まぁ。どうでもいいけどね。

それにしても先程から、彼女と一緒になって喚いている連中はなんだ？　まさか、そこにいる異国人が私から自分達を守ってくれるとでも思っているのか？

そんなわけないでしょう。彼女にとってあなた達は自分の優越感を満たす為の道具で、使いたい時に使う消耗品。

人として扱われていない以上、その関係は対等ではない。

「何を笑っているのですかっ！」

「何がおかしいのですか？」

「失礼ですね」

ああ、プルプルと震えているくせに必死に喚いて、まるで猛獣を前にした子ウサギのよう。

「そう喚くな。自身が捕食される側だと主張しているようなものだぞ」

「なっ」

私は立ち上がり、取り巻きの中でも中心的な立場にいるであろう男の耳元で囁く。

「闇夜に紛れ、お前を捕食するのはとても容易い」

「お、脅しのつもりですか？」

「脅し？」

クスクスと笑う私を令息は気丈にも睨みつけた。

こういうところ、貴族の子供ってすごいなと前世の頃から少しだけ感心していた。

弱者のくせに、捕食される側のくせに、まるで自分等が強者かのように振る舞う。

暗殺者《私たち》に通じない権力《ちから》を振り翳《かざ》し、自分たちが優位であるかのように振る舞う。

自分と相手の力量を見極められないその愚かなまでの純粋さには本当に、呆れる。

「これは脅しではない。あなたの元に必ず来る、確定された未来だ」

「ひっ」

今更震えるのか？

「ちょっと、私のお友達をいじめないでくれる？」

「アイーシャ様……！」

男は縋るようにアイーシャを見つめる。

アイーシャは傍目には自分の取り巻きを助けたように見えるけど事実は違う。ただ演出しただけ。取り巻きを助ける優しい自分と、下位の者をいじめる私という悪役を作って。

ああ、面倒くさい。こんなやり取りを続ければ鬱憤が溜まるばかりだ。

「アイーシャ・アラバン子爵令嬢、あなたは他国からの留学生ですが陞爵《しょうしゃく》されたわけではありません。誰に口をきいているのか、よく考えることをおすすめします」

「怖いわ、私のことも脅すの？」

アイーシャは近くにいた取り巻きの令息の腕に抱きつき、胸を押し付ける。

抱きつかれた令息は鼻の下を伸ばしながらも威厳を保つ為か私のことを睨みつける。全然、様になっていないけどね。

他の令息達は抱きつかれた令息を恨めしそうに見ながらもアイーシャを守る為に、私の前に立ちはだかる。

私が何もしなくても、いつか彼らでアイーシャを巡っての殺し合いが始まりそうね。そうなったとしてもアイーシャは誰のものにもならないだろう。彼女は〝モノ〟ではないから。

でもアイーシャにとって彼らは〝モノ〟でしかないのだろう。しかも使い捨ての。名前もなく番号で呼ばれ、スラムでいいように使われていたかつての私のように。

そう思うと、この茶番に懐かしさのようなものさえ感じるから、人の心情とは面白いものだ。

「リエンブールではどうか知りませんが、アストラでは子爵よりも公爵の身分のほうが上なのですよ。留学するのなら他国に関する勉強を念入りにしておくべきでしたね、アイーシャ・アラバン子爵令嬢」

「ヴァイオレット公爵令嬢」

私達の様子を野次馬と一緒に見守っていたイスマイールが、アイーシャを庇《かば》うように出てくる。まぁ、誰が来ても返り討ちにするけど。物理的にできないのが残念ね。

「妹が失礼しました。何分《なにぶん》、他国という慣れない環境、それに初めての外交というプレッシャーで焦っていたようです。ヴァイオレット公女のような素晴らしい方と友好関係を結べれば、国にもいい土産話ができますからね。どうか寛大な心で許してはいただけませんか？」

困ったように微笑むその姿に何人かの令嬢が失神していた。笑顔だけでこの威力は凄いな。

「ヴァイオレット公爵令嬢？」

首を傾げてイスマイールがこちらを見る。これはきっと私を誘惑しているのだろう。

「許します。今日は初日ですからね」

「ありがとうございます」

「……」

イスマイールは嬉しそうに笑う。それだけで周囲がうるさい程の黄色い歓声に包まれる。頬を染めている令嬢の中に一部、令息も紛れていた。どうやら彼の色仕掛けは男性にも通じるようだ。


「……ティグル」

「申し訳ありません」

名前を呼んだだけだが、私の『殺気を抑えろ』という指示は読み取れたらしい。しゅんとしたティグルの頭に垂れ下がった耳と尻尾の幻覚が見えた。

私は少し離れたところから様子を見ていたエヴァンに視線を向ける。

……なぜ、お前まで殺気を出しているんだ？　私が殺したいのを我慢しているのに。

…………殺しちゃ、まずいよね。あの双子。

†
†
†

「お前ら如きがセレナ様に刃向かうなど万死に値する」

赤い目が二つ、夜の闇を照らしていた。

「言葉を交わすだけでも許し難いのに、刃向かうなんて。お前らのような害虫には、身の程を分からせてやる」

「ぎゃあぁぁぁっ」

男の悲鳴が闇の中に響き渡った。

†
†
†

「聞いた？　ティグル。昨夜、貴族街に赤目の亡霊が現れて、数人の令息が被害にあったらしい」

「赤目の亡霊ですか？」

「ええ、血のように真っ赤な目をしていたそう。なんでも被害にあった令息たちは皆、外傷などはなく無事らしいのだけど、酷く怯えているらしい。実に馬鹿らしい話だ。亡霊などと」

被害にあったのは全員、アイーシャが籠絡した男達だというのは気になるな。それもこの前私に楯突いた連中ばかりだ。

偶然か、あるいは使えないと判断してアイーシャに切り捨てられた？　いや、それはないな。あの一件だけでは時期尚早。それに処分するにも亡霊はないだろう。

被害にあった連中が亡霊になったのなら話は別だけど。今回は偶然という線が濃いか。

「亡霊というのも何かを見間違えたのだろう。あまり見慣れない色だからな。それにしても、お前のように赤い目を持った奴がいるなんて、ちょっと会ってみたいな」

「そうですね。俺も興味はあります」

五、人は獣の中で最も傲慢な生き物だ。故に強者足り得る

「……」

私の前にアイーシャと取り巻きがいる。楽しく雑談中のようだ。

最初は男性の取り巻きばかりだったアイーシャの周囲には、気がつけば下級貴族ではあるが令嬢も混ざるようになった。

どうやら彼女達はアイーシャを通じて、アイーシャが籠絡した令息達と親しくなろうと画策しているようだ。アイーシャが籠絡した令息の中には伯爵家もいるから、玉の輿を狙う令嬢達にとって彼女は敵対する相手ではなく、取り入って利用する価値のある相手になっているのだ。

アイーシャも彼女達の思惑には気付いている。その上で自分の目的を達成する為に利用されてやっているといったところか。

食えない女。でも、そんなアイーシャと違って彼女の周囲にいる人間は汚泥《おでい》を知らない箱入りの令嬢達。私の敵ではない。

「本当に身の程を知らない奴らだ」

「セレナ様？」

なぜか私の隣を歩いていたスカラネットが聞き返してくるが、私は構わずに歩を進めた。

チラチラとこちらを見る仕草から、アイーシャの取り巻きが何かを仕掛けようとしているのが分かる。

罠を仕掛けるなら、分からないようにやればいいのに。きっと危険とは無縁の世界で生きているから、餌の前に穴を掘っておけば獲物は気付かずに穴の中に自ら落ちてくると本気で思っているのだろう。貴族というのは間抜けだ。そんなわけなかろうに。

子ウサギでも生きる為ならば獅子に噛み付く程度はする。もっとも、私は子ウサギではないけどね。

この場合、馬鹿な子ウサギが獅子を食おうと自ら近づいている構図になるのかな。本当に間抜けだ。

そんなことを思いながら歩いていると私の前に下級貴族の令嬢が足を出してきた。これで私を転ばせて恥をかかせるつもりなのだろう。

私は前に出ている足を躊躇いなく踏んづけた。

「ぎゃあっ！」

「ミーナ様、大丈夫ですかっ！」

ヒールで全体重を乗せたから、かなり痛いだろう。小さい骨ぐらいは折れているかも。

痛がり蹲《うずくま》る令嬢にアイーシャは心配そうな顔を作って近づく。動揺する他の取り巻きを無視して私は素通りする。

「いい気味ね。まさか、あんな幼稚なことをしてくるとは」

スカラネットはアイーシャとその取り巻きに侮蔑の眼差しを向けた。

「ヴァイオレット公爵令嬢」

蹲る令嬢に寄り添いながらアイーシャは私を睨む。

「たとえわざとでなくても、足を踏んだのなら謝罪をすべきです。いくら高位貴族の令嬢であろうと、このようなことを見過ごすことはできません。私はあなたに謝罪を要求します」

「あなた、ふぐっ」

アイーシャに噛みつこうとするスカラネットの口を塞ぐ。彼女は自分に言わせろとふごふごと口を動かしているけど何を言っているか不明だ。私が彼女の口を塞いでいるからな。

これが物語のワンシーンなら、私は身分を振り翳して下級貴族に平気で暴行を加える悪役令嬢で、アイーシャは傷つけられた友達の為に立ち向かう勇敢なヒロインというところだな。

もっともそのヒロインの心根は物語のように美しくはないけど。

当然だ。現実の世界は物語と違って汚泥に満ちているのだから。

「おかしなことを言うのね、アラバン子爵令嬢。まるで私がそこで蹲っている間抜けに危害を加えたみたいに聞こえるのだけど」

「事実じゃない」

「とぼけるなんて最低だわ」

「いくら公爵令嬢でも暴力が許されるわけがないじゃない。そんなことも分からないなんて」

小蝿のうるさいことだ。

それにこの程度は暴力に入らない。本当の暴力を知らないのね。

「私はただあなた達の横を通っただけよ」

「彼女の足を踏んだでしょう。この通り、痛がっているわ」

アイーシャは取り巻きの令嬢と違って努めて冷静に返す。ここで喚きたてないのはさすがね。

彼女が冷静でいる程、喚き立てる周囲の令嬢の見苦しさが浮き彫りになる。

私を悪女に仕立て上げるだけではなく、自分を利用しようと近づいた令嬢を自分の引き立て役に使って彼女達を貶《おとし》めている。

リエンブールからの留学生として敵対していることが惜しいわね。きっと闇ギルドの一員としてなら、便利な道具になりそうなのに。

「あら、彼女の身体の向きと私の進行方向を考えると、彼女が不自然な状態で足を出さないと私は彼女の足を踏めないわね」

「ひっ」

ただ視線を向けただけなのにアイーシャがミーナと呼んだ令嬢は顔を青ざめさせる。

あなたみたいな小物相手に何かするわけがない。失礼な令嬢だ。

「高位貴族の進行を邪魔するなんてどういうつもりかしら？」

「……」

「これが王族なら場合によっては処罰もあり得るわよ」

「……」

ミーナはガタガタと震えて何も言えなくなる。気がつけば小蝿達も静かになっていた。

「アラバン子爵令嬢は私があなたの足を踏んだと言っているけど」

「……ぃ」

「何かしら？　声が小さくて聞こえなかったわ。もう一度言ってくれる？」

「ご、ごめんなさい。わ、私、勘違いで、足は踏まれていません」

「そう。だ、そうよ。アラバン子爵令嬢」

「ごめんなさい、ヴァイオレット公爵令嬢。私の勘違いだったみたいです。あなたが通った時に彼女が悲鳴をあげたものだから、てっきりあなたが何かしたのかと思ってしまいました。タイミング良くあなたの噂を耳にしていたし」

チラリとアイーシャは取り巻きの令嬢達に視線を向ける。

「ダメね、人から又聞きした話を鵜呑みにして疑うなんて、良くなかったわ」

悪口を聞かせたのは取り巻きの令嬢達で、この騒動は身の程知らずの下級貴族が私を貶めようと勝手に騒いだもの。自分はそれに巻き込まれただけだと周囲にいる人間に思わせることに成功している。

現にここにも一人いる。

「なんだ、彼女は悪くないんですのね」

……スカラネット、頭が良くないほうだとは思っていたけど、馬鹿だったのね。

途中から寄ってきた野次馬は仕方がないとしても、一部始終を間近で見ていたお前がなぜその結論に至るのか。一度頭を掻《か》っ捌《さば》いて、中を確認したくなるよ。

「仕方がないわ。留学したばかりのあなたに親切心から様々な情報を与えようとするお節介者はどこにでもいるもの。その精査をするのは大変でしょう。今後気を付けてくれればそれでいいわ。それじゃあ、私は失礼するわね」

アイーシャは何度もエヴァンにアプローチをしていたが、思ったような成果は出ていないという情報を得ている。

そこで、なぜか分からないけど彼女の標的が私に移ったらしい。私の評判を下げようと色々画策している。私の評判を下げたからってエヴァンにはなんの影響もないのに。

背後にアイーシャの視線と周囲のざわめきを受けながら、私は足を進めた。

「ふぎゃっ。急に立ち止まらないでください、セレナ様。どうしたんですか？」

アイーシャに気を取られていたせいで私が立ち止まったことに気付かなかったスカラネットは、私の背中に思いっきり顔をぶつけた。

「あら、あれはシャガード殿下ですね」

私の視線の先にいるシャガードをスカラネットは不思議そうに見ていた。

「どうしてお一人なのかしら？」

スカラネットの中で王族とは友人や護衛に囲まれたイメージがあるのだろう。エヴァンやその弟エインリッヒがそうだった。だからいつも一人のシャガードが珍しいのかもしれない。

一人と言っても本当に一人というわけではなく、ティグルが周囲に気付かれないように護衛をしている。彼は私に気付き目礼をしてきた。

「あら？　あれは」

スカラネットの視線の先には、イスマイールとその取り巻きがいた。群れないと行動できないのかと思わず心の中で突っ込んでしまった。

「なんてことをっ！」

イスマイールは取り巻きと一緒になってシャガードに暴力を振るっていた。

周囲には誰もいないし、私達のいる通路は人通りの少ないところだから誰にも見られていないと思って本性を現したんだな。

「許せませんわ！」

助けに行こうとするスカラネットの腕を掴み、叫ぼうとする口を塞いで壁に押さえつけた。

「黙って見ていろ」

スカラネットは「信じられませんっ！　どうしてですか」と言いたいのだろう。私が口を塞いでいる為モゴモゴとしか言えていないけど。

護衛についているティグルも私の意を汲んで、姿を見せるようなことはしていない。

私はスカラネットを押さえつけたままシャガードを確認する。さすがに殺しはしないだろうけど、大怪我をするようなことになりそうなら止めに入らなくてはいけない。

「……まるで人形だな」

シャガードは無抵抗だった。抵抗する気力すらない。だからこそイスマイール達があのような行動に出られるのだろう。

イスマイールの取り巻きはアストラの下級貴族だ。王族でもあそこまで弱いと下の者に食い殺されることもある。

前世でも何度か目撃したことがある。

身分社会だという割には意志の弱い者や隙のある者はたとえ高位貴族であっても馬鹿にしたり、あのような暴挙に出てもいいというルールが貴族社会にはあるのだろう。暗殺者《私たち》と同じくらい野蛮な連中だ。

イスマイール達は飽きるまでシャガードをいたぶり、満足するとボロボロのシャガードを嘲笑いながら去って行った。


「ぷはぁ」

誰もいなくなったので私はスカラネットから手を離す。ずっと口を塞いでいたので、スカラネットは新鮮な空気を肺に取り込んでから私を睨みつけた。

「どうしてあのような暴挙を見過ごすのですか？　許されることではありません」

「誰の許しが必要だと言うんだ？」

「えっ、それは」

誰の許しが必要なのか分からないのに、許しを得る必要があると思ったのか？　おかしな奴だ。まぁ、元から弱者の分際で私に刃向かってくる酔狂な奴ではあったがな。

「と、とにかく、あんなことを見過ごすなんて間違っています」

「なぜ？」

「なぜって、それは……正しくないからですっ！」

「正しいか、正しくないか、誰が決めるんだ？」

「うっ」

また、答えられないのか。理屈は分からないけど答えは分かっているというところか。人は理に基づき、解答を得るのではないのか？

「正しくなくても問題はないだろう」

「どうしてですか？」

「世の中、いかに正しく生きるかではない。いかに上手く生きるかだ。少なくとも、お前達貴族はそうやって生き残ってきたのではないのか？」

「……まるでご自分が貴族ではないみたいな言い方をなさるのね」

しまった。前世に気持ちが引っ張られたな。貴族の環境や生き方にあまり共感が持てないからなのか、いまだに自分が貴族の娘であるということに違和感がある。これではいつか本性が露見してしまう。気を引き締めなくては。

「セレナ様の言うことは正論ですわ。確かに貴族はそのようにして生き残ってきました。でも、それでも私は可能な限り正しい生き方をしたいと思います。それは、あなたが私に教えて下さったことですから」

「私が？」

そんな気色の悪い生き方、教えた覚えはないけど。

「狩猟祭の時、私を助けてくれたじゃないですか。王子妃を狙っている私にとってあなたは邪魔で、意地悪なこともたくさん言ったのに。それでもあなたは私を助けてくれた」

「……」

別に助けたわけじゃない。ただ目の前に敵がいた。それを排除しただけ。そしてその時、たまたま彼女が私の後ろにいた。ただそれだけのこと。深い意味なんてない。

「……感謝をする必要などない。あの時、私にはお前を助ける意志はなかった。私はただ眼前の敵を排除しただけ。そしてお前がそれにより助かったのは偶然の産物だ」

「……セレナ様ってもしかしてツンデレですか？」

「ツン、デレ……」

いったいどうしてそういう結論に至るんだ。貴族の理解力にはついていけない。斜め上の方向に解釈されることが多すぎて、相手をするのはすごく疲れる。

「だって、あなたには逃げるという選択肢だってあったはずです。あなたの実力なら魔物と対峙しながら退却することが可能だった。それに私を囮にして逃げるという選択肢もありました。ご自分の命を優先するのなら、それが正しい方法ではありませんか？」

「……」

「でもあなたはそうしなかった。それは」

「黙れ」

まるで自分が自分ではないものに作り替えられていくような感覚がする。とても不愉快だ。この感情はひどく不快だ。

「今回、リエンブール王国からの留学生を受け入れたのは国同士の思惑があるからだ。だから余計なことはするな。それに、シャガード・リエンブール殿下は敵対してきた者に歯向かう気概を持てない軟弱者。そんな奴の為に要らぬ介入をして労力を使う必要はない」

スカラネットはもう何も言ってこなかった。私が止めていた足を前に進めてもついてくる気配もなかった。

ただ、ずっと彼女の視線が私の背中に刺さっていた。どうしてかそれがとても気まずかったのだ。

†††

side .スカラネット

セレナ・ヴァイオレット。ヴァイオレット公爵家の一人娘。

ヴァイオレット公爵家は社交に積極的に参加するわけでもなく、宮仕えをしているわけでもない為、公爵の中では地位が高いほうではない。けれど、多くの事業を展開しているその財力はアストラ一と言っても過言ではない。

ヴァイオレット公爵夫妻には何度か会ったことがある。公爵は柔和な笑みに物腰が柔らかくてとても気さくな方だったけど、やり手の商人のように抜け目のない印象があった。

その奥方は善人を地でいくような人。家に迷い込んできた平民の娘を養女にしたのも、この人ならあり得る、と納得してしまった。そんな人の娘なら、公爵令嬢でも大したことがないと思っていた。

でも、実際は違った。どうしてあんな善人からあんな冷酷な人が生まれるのか。世には説明ができない摩訶不思議なことが起こるのだ、と思わされてしまうぐらいセレナ・ヴァイオレットは公爵夫人と真逆の人だった。冷酷なまでに他人に無関心な人。

けれど、その認識もまた狩猟祭の事件で改めることになった。

目の前に魔物が迫ってきたあの時、私は初めて見る魔物に腰を抜かし、動けなくなってしまった。

いつも一緒にいた私の友達はそんな私を見捨てて逃げていった。人望というのはこういう時に姿を見せるのだと知り、私は死を覚悟した。

そんな私を救ってくれたのが、他ならぬセレナ・ヴァイオレットだったのだ。他者に対して無関心であれば、そんなことはできない。しかも敵対していた相手なら尚更。

彼女は誤解されやすいだけで本当は懐の深い人なのだと認識を改めた。

でも、あの日私を助けてくれた彼女は今日、暴行を受けているシャガード殿下を無視した。助ける必要はないと。どこか切り捨てているような冷たさを滲ませて。

彼女のことがよく分からなくて反論したけど……。

……『黙れ』

一刀両断するような一言で会話は強制終了された。

その時見えた彼女の横顔は無表情だったけど、目には戸惑いと怯えのようなものが宿っていた。もしかしたら彼女自身、自分の行動理由が分かっていないのかもしれない。

「セレナ・ヴァイオレット、あなたはどのような環境で、どう育ったの？」

優しい公爵夫妻の元でたくさんの愛情を受けて育ったはずの彼女なのに、なぜか異質で歪さを感じさせる。

私には想像もつかないような闇が、セレナ・ヴァイオレットの奥底にはあるのかもしれない。

†††

「まったく、よくやるな」

私はティグルと一緒に木の上で眼下の出来事を見つめる。

シャガード・リエンブールは昨日と同じようにイスマイールとその取り巻きに暴行を受けていた。彼はそれに対して決して逆らわずただ蹲り身を守っていた。

無抵抗で守れるものなど何もないというのに。

「イスマイール・アラバンの取り巻きはアストラの貴族ですね」

「そうだな。下級貴族の目には未来に待つ辛酸よりも、今日貰えるご馳走のほうが魅力的に映るようだ」

「よろしいのですか？　今回の任務はシャガード殿下の護衛なのに」

「命を脅かされているわけではない。それに任務は護衛だけではない」

「アラバン子爵の子息令嬢に問題を起こさせることですね」

「ああ」

「我が国の貴族も道連れになりますね」

今目の前で他国の賓客に暴行をしている、あの下級貴族達のことを指しているのか。

「要らないものをゴミ箱に捨てたぐらいで文句を言う奴はいないだろう」

気に入らないな。

イスマイールと違ってシャガードは私とティグルが見ていることに気付いている。

それに王族として護身術も習っていて、それなりの力があるはずだ。

その証拠に彼はイスマイールと取り巻きに気付かれないように受け身を取ったり、軽傷で済むように調整をしている。

にもかかわらず、弱者からの一方的な征服を許している。

何もかも諦めているようなその目がひどく不快だ。

イスマイールは昨日と同じようにある程度したら満足し、取り巻きを連れて去って行った。

「理解に苦しむな」

周囲に人の気配が完全に無くなったのを確認して、私は木の上から飛び降りた。

シャガードは驚かなかった。私がシャガードに気配を悟られていることに気付いていることに、彼も気付いていたからだろう。

「なぜ抵抗しない？　弱者であることに甘んじる理由はなんだ？」

「どういう意味でしょう？」

「強いだろ」

「あなた程じゃありません」

「それもそうだ。実戦経験が違う」

私の場合は前世も含まれるからな。

「でも素質はイスマイールよりもある。お前が本気を出せば、制圧することは可能なはずだ。なぜそれを目指して行動しない？」

私の問いにシャガードは身体を起こし、私を見て自嘲した。

「制圧してどうするんですか？　その後は？」

おかしなことを聞く。王子なら道は用意されているだろう。舗装され、石ころさえ取り除かれた安全な道を進めばいい。人生の終着地点まで続いているだろうから。

「誰も俺を必要としていないのに」

ああ、そういえば忘れていたな。私のような者と違い、表で生きる人間は理由や居場所がなければ生きられない人種だったな。

そういう連中が表にはいるのだと前世で聞いていたので知ってはいたが、自分とは関係ないし、どうでも良いことだったから今の今まで忘れていた。

衣食住を保障されても生きられないなんて、表の人間は不便だなとぼんやり思ったものだ。


「母上ですら俺を見捨てた」

シャハルナーズ前王子妃は確か、シャガードが六歳の時に王宮を出られたんだったな。

出奔するのにシャガードを置いていくのは当然のことだ。王家の血を引いた息子を連れていくことは王家や他の貴族が許さないだろうし、彼を連れ戻す為に母親を殺すことだってありうる。

危険を排除するのは、生き延びる為の定石だ。

もし平民であったとしても、逃げるのに子供を連れて出るかは微妙だな。女性では働き口に限界があるし、女手一つで子を育てるのは難しく、前世でもよくスラムに捨てられていた。

「自分を捨てた母親が憎いか？」

「……分かりません」

憎しみまではいかないけど怒ってはいるようだな。

「ただ、一緒に連れて行ってほしかったと」

「そして自分の為に犠牲になれと？」

私の問いにシャガードは「意味が分からない」と眉を顰《ひそ》めた。

シャガードはイスマイールよりは強い。でも、大人から見たら弱者だ。

「強くて、運の良い奴だけが幸せな未来を選択できる。だからお前の母親は選択をした。自分の幸せな未来の為に。それをお前は間違いだと思っているのか？　母親なら子の為に犠牲を払い、子の為に不幸になる未来を選択すべきだと言うのか？　その選択を強いるのか？　傲慢だな」

「俺は母上の不幸なんて望んでいないっ！」

初めて本心の感情をぶつけてきたな。

「では母親について行ってどうするつもりだった？　お前に何ができる？　子供の身体で働けるのか？　ただいるだけならまだいい。でも生きている以上は食事を必要とするはずだ。働きもしないくせにない金を無心するのか？」

「それは……」

言葉を続けられるはずがない。自分の感情が最優先で、母親の置かれていた現状が何も見えていないのだから。

「だからお前の母親は選択したのだ。お前を置いて行くことを」

「っ」

「だからお前も選択をすればいい」

「えっ」

「お前を捨てた母親をどうするのか。放置するのか、見つけて自身を不幸にした報いを受けさせるのか。他者の人生に介入し、その先を決められるのも強者の特権だ」

シャガードは何も答えなかった。ただ先程と違って、何かを考えているようだった。

六、獣は牙を研ぎ澄ませる

side .シャガード

「あら、シャガード殿下ではありませんか」

リエンブールの王宮には父と愛人のアニータ、そして妾腹であるアイーシャとイスマイールが住んでいた。

祖父は王として忙しい毎日を送っており、王宮内のいざこざなど目が行き届かないし王という立場上、表立って庇《かば》えないことも多い。そういう隙を狙って、アニータはよく僕のところに来た。

「このような場所でどうされたのですか、シャガード殿下」

慈しむような微笑みを見せ、けれどその目には嘲笑があった。

「お可哀そうな殿下。王子妃様が犯した罪のせいであなたはこんなに苦しい思いをしているのよ」

そう言ってアニータは僕の肩を爪が食い込む程強く摑んだ。助けてくれるものは誰もいなかった。

王宮ではアイーシャとイスマイールが妾腹として通っているけど、貴族達の間では僕も母が不貞をしてできた子供ではないかと実《まこと》しやかに囁かれている。

もし本当に僕が母の不貞により生まれたのなら、王族である父の血を引いているアイーシャとイスマイールのほうが正統性は高くなる。

そしてその場合、父に溺愛されているアニータ様こそが次期王妃になるだろう。その可能性がある以上は誰も下手に動けない。

「シャガード殿下、大丈夫ですよ。あなたが誰の子であろうと、私はあなたを我が子のように思っております」

「……」

「だって、私はラヒームの妻ですもの。たとえ真実は違ったとしても、あなたは一応ラヒームの子ということになっているのだから、彼の妻である私があなたを我が子のように扱うのは当然でしょう。母親に捨てられた可哀そうなシャガード殿下」

ピクリと身体を強張らせた僕を見て、アニータの微笑みは深くなった。

「あなたさえいなければお母様が王宮を追われることはなかったのにね。あなたの存在がお母様を追い詰めたのよ。だって、あなたの存在のせいでお母様の不貞が明るみに出たんですもの。

卑怯なシャハルナーズ様。ただ生まれてきてしまっただけのあなたに全てを押し付けて、一人王宮から逃げ出して」

アニータは言う。「全ては生まれてきてしまったあなたの罪だから、あなたは罰を受けないといけない」と。そう言って誰もいない部屋に連れ込み、背中を踏みつける。

痛みで呻く僕をアニータは楽しそうに見つめた。

誰も僕を助けない。誰も王である僕の祖父にこの現状を報告しない。だって、誰につくのが得策かまだ分からないから。

僕も祖父には何も言えなかった。だって、情けなかったから。何も言い返せないことが。

僕自身が、母をそして自分の出自を疑っているから。母を信じられない弱い自分を祖父に知られたくはなかった。

「シャガード、剣の稽古に付き合え」

アニータの責め苦が終われば、今度はイスマイールとアイーシャだ。

「お兄様には剣の才能があるんですって。あなたもお兄様に教えてもらったら？　次期国王なんて言われて、自分がどれだけ図に乗っているか嫌でも分かるようになるわよ」

そう言ってアイーシャはくすくす笑う。

「それは良い案だ」

イスマイールは俺を練武場へ連れていく。

「っ」

「どうした？　受けるだけでは練習にはならないぞ」

容赦なく振り下ろされるイスマイールの剣は重たく、受けるだけでも手や腕が痺れ、感覚が奪われていく。

「ぐっ」

気を抜けば吹き飛ばされそうで振り下ろされる剣に集中していると、イスマイールはニヤリと笑った。その直後、腹部に蹴りを受けた。

剣の稽古で蹴り技を入れるのは非常識というか騎士道精神に反する行いだ。でもこれは剣の稽古ではない。ただの憂さ晴らし。

蹲る俺を離れたところで見ていたアイーシャが楽しそうに笑う。

「ほら立て。まだ終わってないぞ」

きっと嫌なことでもあったのだろう。二人の立場、出自から嫌味を言う貴族は多い。

俺は二人の気が済むまで殴られ続けなければならなかった。

いったい、俺が何をしたというのだろうか。全部、俺が悪いのか？

俺が生まれたせいで母は出て行った。

『私は幸せになりたい』

俺がいると母は幸せにはなれない？　事実は分からない。

でも、母はそう判断した。だから俺を置いて出て行った。自分が幸せになる為に。

†　†　†

『だからお前も選択をすればいい』

彼女は言った。聖女のような清廉な空気を纏《まと》いながら、慈悲深さとは真逆の残酷な現実を。

「……他者の人生に介入し、その先を決められるのも強者の特権」

祖父から譲り受けた国宝、ルビーのブローチを取り出して、彼女が言ったセリフを反芻《はんすう》する。

セレナ・ヴァイオレット公爵令嬢。

初めて彼女に会った時はその美しさと瞳の冷たさに驚いた。そしてこうも思った。

ああ、彼女は俺を殺す為に天から遣わされた死神なのだと。そう感じずにはいられない冷たさと仄暗い闇を、彼女の瞳の奥に見たのだ。

エヴァン殿下は彼女を護衛だと言ったが、正直信じていなかった。父とこの国の王との間で何らかのやりとりがあって、俺はついに捨てられ、消されるのだと思った。

全てがどうでも良かった。

毎日、毎日、祖父の目が届かないところで義兄妹の取り巻きや義母に暴力暴言を浴びせられるのはもうたくさんだ。

俺は王になりたいと思ったことはない。義弟《イスマイール》は王位を望み、父も義弟に王位を継がせることを望んでいる。半分とはいえ王家の血を引いているのだ。不可能ではないだろう。

『お前の母親は俺の母上よりも地位が高かったかもしれない。でも、それがどうした？　お前を捨てて男と逃げた。淫乱な母親じゃないか』

そう言ってイスマイールは俺の腹部に蹴りを入れた。噎《む》せる俺をイスマイールの級友達が嘲笑い、イスマイールの指示で暴行に加わる。

自国《リエンブール》だろうが、他国《アストラ》だろうがどこに行っても同じだ。俺の居場所などどこにもない。

『ただ正妃の子というだけでどうしてっ！　母親に捨てられた孤児のくせに。誰からも愛されていないくせに、誰からも望まれていないくせに！』

反論の余地もない。全て事実だ。

木の上から俺を見下ろすコバルトブルーの瞳と目が合った。そこに同情はなく、ただ無感情に見下ろす瞳。

彼女は何者なのだろう。他の貴族令嬢とは異なる雰囲気を持つ。

高位貴族でありながら彼女と親しくなろうとする者はいない。また取り入ろうとする者も。

彼女の周りにいるのは二種類の人間だ。彼女が危険な存在だと本能で勘づき、排除しようとする者と、君子危うきに近寄らずとばかりに遠巻きにする者。例外が一人いるようだが。

けれど、そのどちらも共通していることがある。

彼女を視界から排除することはできないということだ。彼女を取り巻く異質な雰囲気のせいか、彼女自身が放つオーラによる物なのか、気にせずにはいられないのだ。

『お前は王族じゃない。卑しい孤児だ。お前の母親は男と一緒に逃げた。ならお前の中に王家の血が流れているかも怪しいものだな。お祖父様も王家の体面やら同情心でお前を正当な王位継承者として扱っているだけだ。内心、お前を蔑んでおられる。そんなことにも気付かない間抜けが、いつまでデカい面して俺の前にいるつもりだ。さっさと消え失せろよ』

イスマイールの憎しみが俺に降り注ぐ。

プライドの高い彼には許せないのだろう。王家の血を引きながら愛人の子供として扱われることが。

彼の母親が彼に『正当な王位継承者はあなたよ』と言って聞かせているのを、何度も耳にした。

彼の母親は俺の父上を本気で愛しているわけではない。欲しいのは王妃の地位。そして自分の息子を王に据えることで、最高の地位と権力を自分のものにしたいのだろう。


ああそうか。

そこまで考えて俺は漸《ようや》く彼女の言葉の意味を理解した。

『強くて、運の良い奴だけが幸せな未来を選択できる』

下級貴族を取り込み、俺に暴力を振るっている彼ですらも彼の両親からしたら弱者なのだ。子供は弱者だ。大人に振り回され、人生を滅茶苦茶にされても文句を言えない弱者。

そう考えるとイスマイールもアイーシャも哀れだなと思う。

大人の思惑で生み落とされ、地獄でしかない王宮暮らしを強要され、枷《かせ》にしかならない王家の血に振り回される。

最高の地位を得たい母親の望みを叶える為に妾腹の身で王位を狙い、愛する妻の子と一緒に暮らし続けたい父親の為に侮辱されながら、侮蔑の眼差しを受けながら王宮で暮らす。

彼らは弱いから、それを拒否できない。まるで自分がそれを望んでいるかのように振る舞いながら、ただ従う。容認するしかない。彼らも、俺も弱者なのだ。

ならば、彼女は強者なのだろうか。

誰も寄せ付けない孤高の獣のようだったセレナ・ヴァイオレット。彼女もいつか誰かのものになる日が来るのだろうか。

「……想像つかないな」

誰かを自分のものにはしても、彼女自身が誰かのものになることはないような気がする。

†　†　†

「数、多いな」

「事前の調査や始末が面倒だから、全部俺らに任せるって言ってました。一応自分たちの護衛も厚めに配置したりしてて、大変みたいで」

ティグルの言葉に、その先にいるであろう人物を思い浮かべて思わず「殺す」と本気の殺気を出してしまった。

「……殺してしまうと後々面倒になると思いますよ」

「確かに。いくら私でもリックを敵に回すのはキツいな」

夜の王城、月夜に照らされた美しい外観に似合わず、しかし王城という特性上、最もお似合いの光景が私とティグルの眼前で乱舞していた。

足元にはいくつもの死体が転がり、空中に舞う鮮血で自身もその色に染まっていく。

この世で最も美しい光景と言えるかもしれない。

彼らはイスマイールとアイーシャの両親が送ってきたシャガードへの刺客だ。両親と言っても父親のほうはシャガードとも血縁関係があるのに、実の息子を殺そうとするのか。

「ラヒームって王子だけど王子ではないんですよね」

「継承権を剥奪されているだけで一応は王族よ。現王の息子であることには変わりはないし。王宮から追い出されなかったのは表向きは親心からの同情心ということになっているけど、外に出して余計なことをされるよりも目の届く範囲にいて、手のひらで操って自滅させたほうが影響も傷も浅くて済むからだとリックが言っていた」

「そして、その結果が我々のこの過酷な労働状況ですか」

ティグルの声に疲れが出ている。それもそうだろう。

連日連夜、送り込まれてくる刺客の駆除をしているのだから。

しかも昼間はシャガードの護衛だし。

私とティグルを不死身の兵器とでも勘違いしているのではないだろうか。

「どうですか、小型銃の使い心地は？」

「悪くない。だが、今回のような過酷な労働の対価として先払いで持たされた可能性を考えると複雑だ」

私は銃の引き金を引くことで離れた場所にいる敵を殺し、同時に目の前にいる敵には愛用のダガーで斬りつける。

近接戦闘しかできなかった私が、リックから貰った銃で中距離戦闘もできるようになった。おかげで相手の数は多くとも、以前よりも戦闘時間は短くなっている。それでも疲労は蓄積されていくのだが。

「……前世でもこんなに殺したことはなかったな」

「何か言いましたか？」

「何も」

そりゃあそうだよな。前世の仕事は暗殺。対象は基本的に一人。

でも今の仕事は護衛。つまり敵の排除だ。

知らなかった。護衛が暗殺者よりも人を殺しているなんて。

私と相討ちになった騎士も今の私のような状況に何度も陥って、それで人殺しの技術を身につけていったのだろうか。ただ一人の君主を守る為に。

人の為に生きるとはどういう気持ちなのだろう。


「くそっ、たかが二人だろ」

「しかも一人は女。こんな相手になんでこんなに手こずるんだよっ！」

数的に圧倒的有利だと相手の力量の見極めを怠った三流暗殺者の生き残り達が悪態をつき始めた。

前世いた国に比べたら、この国にいる暗殺者も他国にいる暗殺者も質が悪い。それだけ平和ということだろうか。

「格が違うんだよ、お前らとは」

そう言って私は男に銃口を向けた。男は恐怖の眼差しで私を見つめる。死の恐怖を前に抵抗すらできないようだ。

私はそんな男を見ながら、暗殺者なのに〝死〟を恐れるのかと内心呆れながら引き金を引いた。

「くそっ、あの女が持っている武器を奪え」

「そんなの無理に決まってるだろっ⁉　音もなければ見えもしない。外傷だって微々たるものだ。なのに、なのに、気がついたらみんな死んでんだぞ！」

未知への恐怖か。

「ティグル、〝怪物〟を別の言い方にすると何になるか分かるか？」

「？　モンスターですか？」

「そう、モンスターだ。その語源は『正体は分からないけれど、存在を感じることができるものや事柄』というものらしい」

ティグルは〝銃〟という未知の武器に対して恐怖し、取り乱す暗殺者に目を向ける。

「彼らにとってその武器がまさに〝モンスター〟ということですね」

「ああそうだ。ならば、それを扱う私は彼らの目にどのように映るのだろうね」

戦意を完全に失い敵ですらなくなった者にも、私は銃口を向けて引き金を引いた。その身体が完全に地に伏すまで。

†　†　†

「うわっ、クッソ面倒くせぇ」という言葉は前世では当たり前のように使っていた言葉だったけど今は使えない。中身がどうであれ、公爵家の令嬢なのだから。

私は笑顔でその言葉を飲み込んだ。暗殺者たるもの、どのような状況に陥ろうと演出者として、与えられた役柄を放棄するような愚かな事態は回避すべきだ。

そう、私は一流の暗殺者。そう自負しているし、プロとしてのプライドもある。

「シャガード殿下、今、なんと言いましたか？」

きっと疲れているのだろう。そのせいで妙な幻聴を聞いたにすぎない。

そうだ。そうに違いないから、どうか「気の迷いだ」と言って先程の言葉を撤回してくれないだろうか。

「私の師匠になってほしい」

頼むからこれ以上、私の仕事を増やさないで。

「私は一介の貴族令嬢にすぎません。殿下に教えることなどございません」

「私にはあなたが必要なのです」

ピクリとなぜか後ろに控えていたティグルが反応した。

周囲に神経を研ぎ澄ませてみたがここには私達以外誰もいない。一体何に反応したのだろうか？

視線を向けてみてもティグルは何も言わない。ならば大したことではなかったのだろう。

それよりも問題はこの男か。

「あなたはただの令嬢ではない。俺の知っているどの騎士よりも強い」

騎士と暗殺者は違う。一概には比べられないものなんだが。

「私には生きる術が、戦う術が必要なんです」

「純粋に強さを求めているのなら、エヴァン殿下に協力を仰いではいかがでしょうか？　彼ならば最高の師を紹介してくれるでしょう」

リエンブールに恩も売れるから、渋る理由はない。

アストラが警戒しているのは、今の状況で現リエンブール国王が崩御し、無能が王位に就くことだ。

暗愚な王は自国だけではなく周辺諸国を巻き込み、内外を腐らせる。そうやって滅んでいった国を前世で見たことがあった。

どれ程の強国であっても、何がきっかけで滅びるか分からないのが国というものだ。だからこそ今回、リエンブール王に協力をするのだろう。

「私が欲しいのは騎士としての強さではありません」

彼が私を見据えるその目に、ぞくりとした感覚が走った。

悪寒？　畏怖？　いや、違う。これは予感だ。

マンネリ化した日常を彩る為のスパイス。そんな予感が漂い始めた。

「剣は扱えます。祖父、リエンブール国王が手配してくださった講師に教えていただいているので、腕に自信はあります。でも、それだけでは生き残れない。騎士としての闘い方ではどうしたって限界があります。だから俺は知りたいのです。あなたに教えていただきたいのです。騎士では教えられない戦い方、暗殺者の戦い方を」

動こうとしたティグルを片手で制し、私はシャガードを見る。

彼も私の目を真っ直ぐと見てきた。

私は彼に近づいたが、彼は臆することも逃げることもしなかった。

彼の頬に触れ、彼に近づく。少しでも身動きすれば彼の口に触れてしまう程の距離だ。

周囲に人の気配はないが、用心を重ね囁き声でも聞こえるように。そしてそのほうが動揺を誘えて、より本心を引き出せるからでもある。

「よっぽどのバカでなければ、公爵令嬢が護衛という時点で何らかの疑惑を抱くであろうことは予測していた。私がお前を狙う暗殺者だという結論にでも辿り着いたか？　仮にそうだったとしたら、私に殺されるかもしれないとは思わなかったのか？」

「っ、お、思いました」

耳まで顔を真っ赤にして、私から目を逸らしながら言う姿は年相応に可愛い。あまりにも激しく動揺するから、面倒事を増やしてくれたことに対しての溜飲は下がった。

「で、でも、私は可能性に賭けたかったのです。誰が敵で味方か分かりません。敵がどこに潜んでいるか分からない以上、他人が手配した者ではなく、自分の目で確認した信頼できる者が必要なんです。あなたが本当に私の護衛かは分からない。でも、実父たちが差し向けた暗殺者ではないと思えた。あなたが纏う空気は今まで対峙した暗殺者達と同質でありながら、何倍も鋭く冷たく、けれどその殺意は私に向かっていなかった。そして何より、あなたは彼らよりはるかに強い」

なるほど。エヴァンやこの国の王、自分の祖父が用意した者だとしても心が読めない以上、信じることはできない。信頼を得ている者を裏切らせることこそ、策略の最上の手段だしね。だから何度も命を狙われながら生き延びてきた彼自身の経験と直感を頼りに、私が少なくとも現時点では敵ではないと判断し、そしてその強さを求めたというわけね。

『人は人を裏切る生き物だ。故に容易く信じるものではない。信じられるのは磨き上げた己の力量のみ』

前世で私に暗殺という生きる術を与えた師の口癖を久しぶりに思い出したのは、師と出会った時の自分の姿がシャガードと重なって見えたからだろうか。

師も今の私と同じ思いだったのだろうか。目の前にある原石を磨き上げるのは暗殺とは違う高揚感があると酒に酔った師がよくもらしていた。

私を一人前の暗殺者として育て上げたことが彼の自慢だったらしい。

師の手により闇に堕ちていった私。今度は私が師と同じことをすることになるだろうか。この王子に。

『どのような理由であれ、人殺しの術を身につけた人間は皆、いつかは泥沼に落ちていく』

これも師の言葉。師はこうも続けていた。

『それでも俺達にはこの道しかない。腐敗した世界では人は真っ当には生きられない。だからみんな堕ちていくのさ。深く、深く、底までな』

ならばこの男も堕ちていくのだろうか。王子でありながらスラムのガキ《前世の私》と同じように。

「……それもまた一興か」

「?」

「いいだろう。望み通り、教えてやる。お前に」

人殺しの術を。

「ありがとうっ！　あっ」

思わず喜び、はしゃぐ姿が恥ずかしかったのか、シャガードは咳払いをしてから改めて私に手を差し出した。

「これからよろしくお願いします、ヴァイオレット先生」

「セレナでいい」

「はい、セレナ」

人殺しの術を身につけたこの男がどう変わっていくのか、そして弱者だと思っていた人間に踏みつけられたときの、あの二人の姿を見てみたい。

他人に興味などないと思っていた自分に湧いた感情が新鮮で、私はシャガードに暗殺術を教えることを承諾した。

訓練の様子を他の人間に知られるのは避けたいので、私が以前使っていた山で深夜にすることをシャガードと取り決めて、彼とは別れた。


「不服か？」

私がシャガードとやりとりする間、ティグルはずっと黙っていたし、表情に変化はなかった。しかし、隠す気もないのだろう。不満だ、という視線がずっと私の背中に刺さっていた。

シャガードがいなくなってから視線を向けると、ティグルはふいっと顔ごと横にズラして私の視線から逃げた。

まるで拗《す》ねた時のブルースのようだ。まぁ、ティグルと違ってあの犬は大概、私に対して何らかの不満を抱えているようだが。

「……セレナ様が決めたことに文句などあるはずがありません」

と、口では言っているが納得はしていないようだ。

「やつが自分で対応できれば、夜間の警備の仕事も楽になるぞ」

「別に苦ではありません……あなたと二人で過ごせる貴重な時間ですし」

最後、何を言っているのかうまく聞き取れなかったが、ティグルは仕事大好き人間だったということは分かった。

彼は戦闘部族の生き残りだ。

本人は一族のことをあまり良くは思っていないし、初めて会った時は人殺しに対して忌避の感情もあった。

しかし、今では人殺しの仕事が好きとは。やはり血は争えないということか。

ティグルは自身の中にある不満を無理やり飲み込み、納得させるかのように嘆息してから懐を探り出した。

「それは？」

先端に蝶の飾りがついた、ティグルの瞳に似た赤い色の棒を私に見せた後、ティグルは「失礼します」と言って私の頭に挿した。

「簪《かんざし》というものです。異国に伝わる髪飾りで、この前市場で見つけたんです。先端が尖っているのでいざという時に使えます」

「それで人を刺せと？」

「はい。殺すまでは難しくても怯ませることはできるでしょう。リック様がセレナ様に鉄扇を渡しているのを見て思ったんです。今回は何かと武器を制限されるような場面が多いので、隠し持っていても問題のない物があればと」

「それで簪か」

「はい」

どいつもこいつも私に殺傷能力の高いものを渡したがる。これで思わず客人に使ってしまったらどうしようという心配は私しかしていないのだろうか？

いつも隠し持っているダガーを身につけていないのは、そういうことを防ぐ為でもあるのに。

それに……

「殺傷能力か……」

「セレナ様？」

ティグルはまだ命というものが分かっていないな。

「ティグル、覚えておくといい。人を殺すのに剣やダガー、リックが用意した銃など別に必要ない。ペンで事足りる」

「ペン、ですか？　書き物をする時に使う？」

「ああ、そうだ。そのペンだ。それ一つでいい」

私はティグルの首に触れた。頸動脈《けいどうみゃく》がある場所だ。生き物の本能として恐怖でも感じたのか、ティグルの身体が僅かに反応した。

「ここだ、ティグル。ここをペンで刺すんだ」

ティグルは場所を確かめるように、首に触れる私の手の上から自分の手を重ねた。

「それで人は死ぬんですか？　そんなことで？」

「ああ、死ぬさ。人はいつだって他者が『そんなことで？』と思うようなことで命を落とす」

それなのに『命は重い』だとかどこの馬鹿がほざいたのやら。全く呆れるセリフだ。本当に重いのなら人が奪えるはずもないだろうに。

「ペン一つで私は人を殺せる」

「セレナ様、ならば俺のこともいつか殺してくれますか？」

ティグルは首に触れていた私の手を持ち上げ、キスをする。

「俺はいつか、誰かの手にかかって死ぬでしょう。多くの人を殺して生きてきた人間は、総じ

て誰かに殺されるものです。それならば、俺はあなたがいい」

前世の私も、人に殺された。そして現世でも令嬢ではあるが、暗殺者でもある。ならばティグルの言うとおり、辿る末路は同じだろう。

「いつか、その時が来たら俺を殺してくださいね。そして、あなたにもしもの時が来たら俺に殺させてください。あなたを誰にも殺させたくはありません。そうすれば、俺の心にも、あなたの心にもお互いの存在が深く刻まれますね」

「何だ、それは」

おかしなことを言う。呆れる私にティグルはただ微笑んだ。


「ふ」

「「ふ？」」

「不健全だっ！」

顔を真っ赤にしたエヴァンが慌ててやって来て、私とティグルを引き剥がした。

「き、君達が、そういう関係だったのは少し、いや、かなり……だいぶショックだけど」

「何を言っている？」

「でも、セレナが幸せになれるのなら……無理だけど応援、する……いや、できるように努力はする。でも、いくら人の気配がないとはいえ、ここは学校の敷地内だ」

「エヴァン、さっきから何を言っているの？」

顔を真っ赤にして支離滅裂《しりめつれつ》なことを言う彼は、普段の外面貴公子の王太子には見えない。

「な、何って、だから、その、こういう場所は誰が見ているか分からないから」

まさかシャガードとのやり取りを見られたか？

もしそれが事実だと私の正体が知られたことになる。

どうする？　殺す？　流石に王太子を殺すのはまずいか。

私と繋がりがあるリックは国の暗部だし、いつかはエヴァンもリックを使う側になるはずだ。

そうなると、遅かれ早かれ彼にはバレることになる。ならば今バレても問題はないのか？

……いや、待て。なんで私はエヴァンを殺さなくて済むよう理由を探っているんだ。

目撃者は殺す。暗殺の鉄則だろ……殺すか。

「セレナ様とキスなんてしてませんよ、殿下」

「えっ、そうなの？」

「何をどう見たらそうなるんだ」

ティグルの指摘に対するエヴァンの反応を見る限り、演技ではないようだ。

エヴァンが見当違いな勘違いをしていたことを知り呆れる反面、どこかホッとした自分もいた。

「やっ、だって、触れ合ってたし、距離も近かったし」

「仮にそういうことをする仲だとしても、こんな場所でするわけないじゃないですか」

「そ、そんな仲に俺がさせるわけないだろっ！」

ティグルは時々、エヴァンをこうやって揶揄《からか》うことがある。

誰にでもしているわけではない。エヴァンにだけだ。きっと気が合うのだろう。

「いつまで戯《じゃ》れてるつもり？」

「戯れてないっ！」

「戯れていません」

ハモってるじゃん。

「教室に戻るよ」

†††

世界を闇が覆い尽くす時間、私は約束通りシャガードに訓練をつけていた。

まずは彼の実力を見る為にティグルと戦わせることにした。もちろん、ティグルには手加減をするようにあらかじめ指示を出している。

ティグルとの闘い方を見るに、シャガードは今でもそれなりに強い。よく鍛錬されていることが分かる。

「騎士としてなら申し分ないな」

私は騎士ではないが前世の職業柄、騎士の戦い方をよく知っている。

今世の騎士も前世の騎士と戦い方は同じだ。騎士というのは万国共通なのかと問いたくなるぐらいお綺麗な戦い方しかしない。

堂々と名乗りをあげ、小細工をせずに己の剣の技量のみで勝利を得ようとする。だからこそ、『お綺麗な戦い方』と揶揄《やゆ》されるのだ。

戦うことも守ることも、終着点は相手を殺すことでしかないのに。

その身を他者の血で染めながら、騎士道精神を謳《うた》い自らは高潔な存在と豪語することのなんと愚かしいことか。

「騎士道、ね」

前世で最後に戦った護衛騎士は、相対しただけで何度も死線をくぐり抜けてきたことが分かるぐらいの相手だった。騎士として剣を振るうだけではなく、悪辣な戦い方もしてきた。本来、戦いとはそういうものだ。

シャガードがティグルに集中しているので、私は気配を殺して彼を後ろから襲った。

鉄扇で横っ面を殴打されて踏鞴《たたら》を踏んだシャガードを、ティグルは容赦なく蹴り倒した。

先程の打ち合いを見ても思ったが、ティグルは私の命令通り手加減はしている。けれど、容赦がない。

どうも、ティグルはシャガードが嫌いなようだ。嫌う程の関わりを持ってはいないはずだが、生理的に合わない人間というのは存在する。ティグルにとってのシャガードはそういう相手なのだろう。

「一人の敵に集中するな。相手が複数の場合、一対一で戦いを挑んでくる間抜けはいない。仮に眼前の敵が一人であったとしても、仲間がどこかに潜んでいる可能性もある。周囲全てを警戒しろ。神経を研ぎ澄ませ。それができないのなら、それを怠ったのなら、負けるのではない。死ぬんだ」

「はい」

私が殴打したことにより口の端が切れたようだ。

流れ出る血を袖で拭き取り、シャガードは再び剣を構えた。

根性はある。これが続くかは不明だが。

「ティグル、続けろ」

「はい」

再びティグルとシャガードの戦いが始まる。

騎士としての戦い方しか知らないシャガードにとってティグルはやりづらい相手だろう。ティグルが使っているのは私と同じダガーだ。右手にあるダガーで切り掛かる。それを防いだとしても左手にもダガーがある。右手のダガーを防いでいる時には既に左手のダガーが彼の急所に到達する。

もちろん、殺害が目的ではない。これはあくまで訓練だ。だからシャガードがティグルに殺されることはない。

そう頭で分かっていても何度も急所を狙われれば人はそこに恐怖を覚える。そして恐怖が動きを固くし、結果として死に繋がる。

「死を恐れるな。恐れた者から死ぬぞ」

私の言葉は彼の耳には届いてはいるだろうが、言われてすぐにできるものではない。こればかりは自力で克服してもらうしかない。

ティグルには急所を重点的に狙えと指示してある。その指示通りに動いている上に彼が放つ殺気は私が焦ってしまう程鋭く、本物に近い。というか、本物？

殺しちゃダメだって、ティグル、ちゃんと分かってるよね？

「今度は躱《かわ》したか。だが」

両手からランダムに、タイミングを外してくる攻撃にシャガードは少しずつではあるが、対応できるようになってきた。

しかし、両手の攻撃を防がれてもティグルは全く慌てることなく足払いをかける。地面に寝転がされたシャガードは何が起こったか理解できず、目をぱちくりとする。

「訓練じゃない、実戦だ。人の命を奪いに来る人間は騎士のように決まりきった戦い方はしない。剣を持っているからといって必ずしも剣で殺しにくるとは限らない。全てを警戒しろ。全てを疑え。さぁ、立ちなさい。お前に休んでいる暇はないぞ」

「はい」

シャガードは何度もティグルに戦いを挑み、何度も地面に転がり、何度も急所に刃先を向けられた。服も顔も土と汗で汚れている。

「続けろ」

「はい」

シャガードの息は上がり、既に体力の限界なのだろう。足をもつれさせて転ぶ回数も増えた。

「続けろ」

「はい」

シャガードはふらつく足で地面を踏ん張り、なんとか剣をティグルに向けているという感じだ。対してティグルに息の乱れはない。

勝てとまでは言わないが、ティグルと張り合えるぐらいになればそこら辺の暗殺者程度なら問題はないだろう。よほどの手練れが来れば勝機は危ういが。


「これ以上は無理か」

シャガードは立とうとしたけれど、その体力すらなくなったようだ。足に力が入らず、地面から膝が離れない。

「倒れた瞬間、剣を手放した瞬間がお前の死だ。明日も同じ時間、同じ訓練を行う」

もはや、返事をする気力さえもないシャガードを、護衛対象だから捨て置くこともできない為、ティグルに担がせて王宮まで送り届けた。

「何度来ても同じなのに、懲りないな」

送りついでに新たに送り込まれた暗殺者も始末しておいた。


翌日、シャガードは同じ時間、同じ場所に来た。

昨日の訓練はかなりきつかったはずだ。だから正直来ない可能性を考えていた。

「お坊ちゃんの割に根性あるな」

まっ、だからって手加減はしないけど。

「やることは昨日と同じだ。ティグル、始めろ」

「はい」

昨日、きつい訓練を行ったからといって今日、劇的に強くなっているということはない。だから結果は同じ。

「呼吸を乱すな。常に一定の呼吸を意識しろ。呼吸が乱れれば攻撃が読まれやすくなる。お前を殺しに来る連中はそういうのを見逃さない」

「はい」

私はティグルと戦うシャガードの死角から小石を投げつけた。

小石はシャガードの側頭部に命中。命中した瞬間、シャガードの意識がティグルから離れた。

それを見逃すティグルではない。

「ぐっ」

ティグルはシャガードの腹部に蹴りを入れた。かなり強めに入ったようで、シャガードは後ろに吹き飛ばされ、背中を強打した。

……本当に容赦がないな。

「視覚の情報に頼りすぎるな。どこから攻撃が来るか分からないんだ。常に気配を意識しろ。敵は前にいるとは限らないし、いつも姿を見せてくれているとは限らない。もちろん、訓練のように攻撃すると分かりやすく構えてくれるわけではない」

私は立ち上がったシャガードに近づく。自然に、まるでそこを通るだけの人のように。そして通り過ぎる瞬間、彼の首元にダガーを当てる。

「っ」

「これが本物の暗殺だ。人殺しが、無害な通行人のフリをして近づき、人を殺すんだ。そして暗殺者が必ずしも大人とは限らない」

「？」

「暗殺者の中には年端のいかない子供もいる。信じられないか？　珍しい話じゃない。貧しく、捨てられた子供はそうやって生き残るしかない。それでもお前は生き残る為の選択をしなければならない。慈悲はない。そんなものをかけた時点でお前の死は確定する」

私はダガーを仕舞い、二人の戦いがよく見える場所に戻る。

「シャガード殿下、〝倒す〟のではない。〝殺す〟んだ。そして、あなたの前にいるのは〝敵〟ではない。〝人間〟だ。人を殺して生き残る。これが実戦の勝利というものだ。生きたいのなら殺せ。死にたくないのなら躊躇《ためら》うな。殺して生きるんだ。それがあなたの選んだ道だ」

生き残る為に私に教えを乞いたお前の選択だ。

「殺す覚悟を持て。生き残る覚悟を持て。覚悟のない臆病者は、惨めに無様に死んでいくだけだ。さぁ、続けなさい」

シャガードは再びティグルと戦う。

先程よりも動きが硬い。私の言葉に困惑しているのだろう。

でも事実だ。実戦を得て初めてそのことを理解したのでは遅い。

実戦で理解することになれば躊躇いと動揺で正常な判断が行えなくなる。それでは殺してくれと言っているようなものだ。

暗殺者は躊躇わない。相手が大人だろうが、子供だろうが。赤ん坊であっても「殺せ」と言われたら殺す。そこに善人も悪人もない。なぜなら任務の失敗が自分の死に直結するからだ。

相手を殺せなければ、組織に殺される。失敗はあり得ない。

「躊躇うな、殺す気でいけ」

「っ」

動きが硬くても、私の言葉による動揺を隠せなくても、それでもシャガードは戦うことをやめなかった。

何度もティグルに立ち向かい、何度もティグルに負けて、身体中、打撲や擦り傷だらけになった。

土で服や顔を汚し、それでも彼は立ち上がった。そうでなければ死ぬからだ。

そんな日々を費やして、漸く彼は対等とまではいかなくとも長い時間ティグルとやり合うことができるようになった。


「次の訓練に移る。次は気配の察知力を上げる。これで目を覆え」

黒い布を巻かせてシャガードの視界を遮断させた。

「この状態で山の麓《ふもと》まで下りてもらう。スムーズに下りられるようになったら次の訓練に移行する」

万が一のことがあるから私とティグルは気配を殺してついては行く。ただし、命の危険がない限りは見守るだけだ。

シャガードは小石に躓き、転び、枝に顔をぶつけ、傷を増やしていく。稽古場に使っている山から下りるのに三時間かかった。

「明日からは目を隠した状態で山を登り、そして下りてもらう。それをひたすら繰り返す。もちろん、訓練場に着いたらティグルと戦ってもらう。寝る時間を確保できるかはお前次第だ」

「……はい」

視覚を奪われることはかなりのストレスになる。ただの道ですら恐怖を覚え、より神経を使う。シャガードの疲弊は激しいだろう。だが、この程度で音を上げてもらっては困る。

本当の戦いになればどんなに疲れていても休むことはできない。

どのような状態でも神経を研ぎ澄まし、全ての攻撃に対応できなければ生き残れない。

暗殺者は殺しのプロだ。気配を消すなんて基本中の基本。今はまだお粗末な三流暗殺者しか来ないが、いつ手練れの暗殺者が送り込まれてくるか分からない。今のシャガードでは対処は無理だ。

体力、集中力、気配察知能力を高め、どのような状況でも対処できるようにする。その為の訓練だ。

†　†　†

side.シャガード

「っ」

このティグルという男、セレナの命令通り手加減はしてくれている。しかし、交わる剣を通して伝わってくる力は容赦がない。

少しでも気を抜けば剣を落としてしまいそうだ。それに、彼の剣を正面で受け続ければ手が痺れて、麻痺してしまう。

おまけに彼が私に向けてくる殺気は本物だ。正直、かなり怖い。

アニータや父が寄越してくる暗殺者が放つものよりも濃密な殺気を感じる。

「私は君に嫌われるようなことをしてしまったのかな」

「あの方に不用意に近づく者は誰であろうと大嫌いなので、あなただけが特別嫌いというわけではありません」

それは喜ぶべきことなのだろうか？

セレナに少しだけ視線を向けたら、ティグルのダガーが私の頸動脈をかすめた。避けなければ確実に断られていた。

何を考えているか分からない。冷淡な程の無表情。けれど、その中には容易に触れることを許さない程の激情が潜んでいる。

目の前にいるのは自分と同じ人間ではない。

「まるで手負いの獣ですね」

貴族の令嬢というよりも凄腕の暗殺者のほうが似合うセレナの従者は、彼女と同じで従者に似つかわしくはない。漂わせる雰囲気も、主人に抱いている感情も含めて。

とても面白い人達だと思う。彼女達のことをもっと知りたいと思った。

「っ」

ティグルとの戦闘に夢中になっていたら、いつの間にか近づいていたセレナからの一発をくらってしまった。

なかなかに強力な一発だった。

「一人の敵に集中するな。相手が複数の場合、一対一で戦いを挑んでくる間抜けはいない。仮に眼前の敵が一人であったとしても、仲間がどこかに潜んでいる可能性もある。周囲全てを警戒しろ。全てに神経を研ぎ澄ませ。それができないのなら、それを怠ったのなら負けるのではない。死ぬんだ」

「はい」

ティグルと対峙しながら、いつ来るか分からないセレナの攻撃にも対処しなければいけない。正直、かなりきつい。体力もだけどそれ以上に精神が疲れる。

セレナの攻撃を警戒し続ければ、ティグルへの警戒心が疎かになり攻撃を喰らってしまう。

父が寄越す暗殺者とは比べ物にならない手練れの暗殺者のような二人。もし、彼女達が私を殺しに来たら対処する間もなく殺されるだろう。つくづく敵でなくて良かったと思う。

「ぐっ」

ティグルは暗器を使う。どこから繰り出されるかまるで分からない攻撃を何度もくらい、時折、まぐれで躱す。

「訓練じゃない、実戦だ。人の命を奪いに来る人間は騎士のように決まりきった戦い方はしない。剣を持っているからといって必ずしも剣で殺しに来るとは限らない。全てを警戒しろ。全てを疑え。さぁ、立ちなさい。お前に休んでいる暇はないぞ」

「はい」

セレナの忠告を胸に刻み、私は再びティグルに挑む。

「騎士のようにお綺麗な戦い方だけでは勝てないぞ。相手は本気で命を奪いにくるんだ。どんな手段でも使ってくる、刃物を持っているからと必ずしも刃物で殺しに来るとは限らない。全てを警戒しろ、全てを疑え。目に入る情報だけが事実とは限らない」

セレナはやはり暗殺者という物を熟知している。彼らの戦い方、彼らの考え方。まるで自分が暗殺者であるかのように。

そもそも公爵家の令嬢がここまで戦えることのほうがおかしい。

彼女はエヴァン殿下の婚約者候補で、アストラ国王のお気に入りだという情報は得ている。

きっと彼女自身も暗殺者に命を狙われる立場にいるのだろう。

貴族の血は尊いというけれど、貴族の命程軽んじられるものはない。欲望や大義というものにより容易く奪われるのが貴族の命だから。

セレナはここまで強くなければ生き残れなかったのか。そう思うと彼女の強さを純粋に羨ましいとは思えなかった。

†　†　†

「さすがにしんどいな」

夜はセレナやティグルとの訓練、しかもかなり容赦がない。そして昼間は学校。睡眠時間は全然足りていないし、体力や精神力の回復もままならない。

「学校でも稽古か」

「今日は対戦形式で稽古をします」

最低限、自分の身を守れるようにと剣の稽古が授業に盛り込まれている。

セレナの稽古が始まる前に、体力を回復させる為に少しは休んでおきたいのに。

「では、やりましょうか。シャガード殿下」

「そうですね、イスマイール」

こういう時、イスマイールは率先して私の相手をしたがる。私に恥をかかせ、いたぶることができるから。

稽古でなら多少の怪我を負わせても問題にはならないし、できない。問題にすれば怪我を負わされた側が「この程度で騒いで情けない」と笑われるからだ。

「では、始め！」

講師の合図後すぐにイスマイールは前に出た。突っ込んでくるスピードはかなり早い。普通の生徒なら対応が遅れて弾き飛ばされている。

「へぇ、受け止めるんだ」

セレナに鍛えられていなければ、ティグルと毎晩戦っていなければ、今の一撃を受け止め切れたか分からない。

「落ちこぼれのくせに生意気なんだよ！」

腕力にはまだ差がある。これでは力で押し負ける。

『受け止めるな、受け流せ。力で敵わない相手に力で対応してどうするっ！』

脳裏に浮かんだセレナの言葉に従い、イスマイールの剣を受け流す。イスマイールは驚いた顔をしていた。

剣を受け流されバランスを崩し前のめりになった彼に、私はすぐに攻撃に出た。しかし、イスマイールは崩れた体勢のまま剣を反転させて私の攻撃を受け止めた。

「少しはやるようになったようだな。でも、お前は俺には勝てない。王になるのは俺だ」

「っ」

剣を弾かれた。次の攻撃が来る。早く体勢を整えないと。落ち着け、焦るな。

「ぐっ」

結局今回の授業では、背後に吹き飛ばされて負けてしまった。ただ、イスマイールの攻撃を受け止めず受け流したことで怪我はせずに済んだ。

悔しくはあるが、嬉しくもある。毎晩の努力が実を結んでいるのだと実感できたから。

「……私の努力は無駄ではないのだな」


授業での稽古は終わったものの、イスマイールの気は済まなかった。

できるのならセレナの稽古前の体力を温存、というか回復させておきたかったけど、それは不可能になった。イスマイールとその取り巻きに捕まってしまったからだ。

「おい、落ちこぼれ」

稽古での接戦もだが、それ以上に気に食わないことが彼にあったのだと次の言葉で理解した。

「お前、さっきヴァイオレット公爵令嬢と親しげに話してなかったか？」

イスマイールはセレナを狙っている。彼女の美貌もそうだし、家柄も申し分ない。

公爵夫妻は国内での社交にあまり積極的ではない為社交界での地位はそこまで高くはないが、多くの事業を展開しているヴァイオレット家の財力はかなりのものだし、ご当主は外国では顔が利く。

王族の血を引きながら王族ではなく子爵令息として扱われるイスマイールにとって、セレナは自分の地位を高める為に必要な道具であり、自分を良く見せる為の装飾品なのだろう。

彼女はイスマイールごときに扱える人ではないし、それにあの恐ろしい番犬がそれを許さないだろうけど。

ただ稽古をつけてもらっているだけの私ですら噛み殺そうと虎視眈々《こしたんたん》と隙を窺《うかが》われているのだから。

「ヴァイオレット公爵令嬢は優しいからな。お前のような出来損ないを憐《あわれ》んでいるだけさ」

「イスマイール様の言うとおりだ」

「王族の血を引いているかも怪しいお前に、公爵家の相手は荷が重すぎるだろ」

セレナが優しい？

彼女にはあまりにも不釣り合いな言葉に思わず笑ってしまった。

「何がおかしい？」

　イスマイールの眉間の皺が深くなる。

「殆《ほとん》ど相手にされていないのに、随分と知ったふうな口をきくんだなと思って」

「っ」

　図星を突かれたイスマイールは顔を赤くし、拳を振り上げた。

　ああ、殴られるなと思いながら私は自分の頬に彼の拳が当たるのを眺めた。全てがスローモーションに見えたのは毎晩の訓練のおかげだろう。

　力任せに振り下ろされた拳のせいで口の中を切ったようだ。口と鼻から少し血が出た。

　痛みはあるけど、それだけだ。セレナやティグルから受けた攻撃のほうが何倍も痛い。あの二人、本当に容赦がないもんな。

　更に振り下ろそうとされたイスマイールの拳を私は掴んだ。受けるのは一発だけと決めていた。

　今まで暴力をただ受けるだけだった私が、初めて自分から攻撃を回避する行動に出たことにイスマイールは戸惑っていた。

「あまり王族を舐めないほうがいい。イスマイール、子爵令息でしかないあなたが王族である私に傷を負わせれば斬首も有り得る」

「っ。ち、父上がそんなことを許すはずが」

「イスマイール、君は不思議なことを言うんだね。王ではない君の父親に処刑を覆す権利があると？」

「お前の父親でもあるんだぞ」

イスマイールの顔色が悪い。初めてだな。彼が私を恐れるのは。

「王に逆らい、継承権を剥奪された愚物《ぐぶつ》のことなど知らない」

「なっ」

向こうも私のことを息子だと思ってもいないだろう。

先に私を捨てたのは彼らだった。要らぬと捨てたから、私も同じように捨てるだけのこと。

その道理が通らないはずがない。

自分を愛さない相手に愛を求め続ける程、私は子供ではないのだ。

「それと、セレナが私を憐れむことはないよ」

「セレナ、だと？」

「公爵令嬢と王子が名前で呼び合う程親しくなってもおかしくはないだろ？」

にっこりと笑って見せたけど、若干の強がりは入っていた。なぜなら物陰に隠れて私を護衛しているはずのティグルから本気の殺気を感じたからだ。

……彼は私の護衛だよね。私に向けられた暗殺者じゃないよね。

時々、本気で疑ってしまうよ。セレナもよくあんなのを側に置いて、使うよな。

「セレナは私のことも君のことも憐れまない」

彼女にとっては全てが路傍の石に等しい。

「だから自分の境遇を使って彼女の同情を引こうとするのはやめたほうがいい。それは悪手だ」

怒りで握りしめた拳を振るわせ睨み付けてくるイスマイールに背を向けて、私はその場を去った。

今晩も彼女に扱《しご》かれるのだからできるだけ体力は温存しておきたい。

「明日の晩は稽古を休みにする」

イスマイールと揉めた晩、稽古の後でそう言われた。

「……分かりました」

きつい訓練が休みで嬉しいという思いよりも、一晩休むことでまた弱い自分に戻るのではないかという不安と彼女に会えない寂しさが勝った。

深みにハマってしまいそうだ。

いつも一緒にいられるティグルが羨ましかった。そんなこと口が裂けても言えないが。私もまだ命が惜しい。

そして翌日の晩、いつもならセレナと稽古している時間。

身体が既に慣れてしまっているせいかなかなか寝付けず、セレナはこの時間何をしているのだろうかと考えていた時だった。

カタリとベランダから物音がした。

体が緊張で強張る中、私はベッドの中に持ち込んでいた剣を握りしめてベランダに近づく。

気配から数人がベランダにいることが分かる。

アストラに来てからは、暗殺者なんて全く来なかったのに。セレナとの稽古が休みの日に限ってどうして来たんだろう。

まさか、セレナと稽古していることがバレていたのか？　だからセレナは今晩の稽古を休みにしたのかな。

もしそうなら申し訳ない。彼女には関係のないことなのに。

「ぐわっ」

「くそっ、なんで起きてるんだ」

「さっさと殺せ」

カーテンに身を隠して入ってきた連中が暗殺者であることを確認し、彼らに迷いなく剣を振るい突き立てた。

動揺し、統制が取れなくなった彼らに余裕を与えないよう攻撃の手は休めなかった。自分でも驚く程頭は冴えていた。

『暗殺者は手練れだとしても騎士ではない。彼らの本分は対象に気付かれないように排除すること。正面切っての戦闘は不得手な者が多い。戦いに持ち込んだ時点で半分はお前の勝ちだ。油断せず、相手に冷静な判断をさせる暇を与えずに戦えば間違いなく勝てる』

そう、セレナが教えてくれた。

言われた時はよく分からなかったけど実際に対峙してみてよく分かる。もっとも彼女との訓練があったからこそ理解できるようになったのだけど。

「こんなに強いなんて聞いてない」

アニータか、それとも父の差し金か？　今まで相手にした暗殺者よりも強かった。少し前までの私であれば、ここで殺されていたのだろうか。今や死体となった相手に問うても答えなど返ってこないだろうが。

「危ないところはあったが、とりあえず倒したから及第点ね」

「……セレナ」

暗殺者を全員倒したのを見計らったように、ティグルを連れたセレナが入ってきた。セレナが連れていた黒づくめの男達が、黙々と私が殺した暗殺者の死体を部屋から運び出していく。

血で汚れたカーペットも新しい物に変えて、まるで何事もなかったかのように全てを片付けていった。

一体何が起こっているのか？

「あの暗殺者はセレナが用意したんですか？」

「人聞きの悪いことを言わないでほしいわね。あんな粗悪品は使わない」

それって使うのならもっと優秀な奴を使うってこと？　私、ちょっと死にかけたんですけど。

「今までお前に差し向けられた暗殺者は、こちらで排除していた。今晩は暗殺者の掃除をしなかっただけ。実戦経験を積めて良かったわね」

「……実戦経験」

「稽古でどんなに動けていても実戦で動けなければ意味がないからね。明日からは実戦を中心にする。今までこちらで堰《せ》き止めていた暗殺者にお前一人で対処しろ。問題はないだろう。全て、お前の父親が用意した粗悪品ばかりだ。良かったな、お前の父親が貧乏で」

セレナが笑った。笑うところをあまり見かけたことがないから驚いた。

可愛い。もっと笑えばいいのに。

「もしお前の父親に金があれば、もっと手練れの暗殺者を寄越してお前を瞬殺するぐらい簡単だっただろう」

「……」

言っていることは全く可愛くない。通常運転のセレナだね。

そして明日から彼女が私の為に用意する教材は他者の命だ。

彼女はまるで命をその辺に転がっている小石と変わらないかのように軽く扱い、捨てさせる。

そのことに躊躇いさえ見せない彼女が少しだけ怖いと思う。

いずれは私の命も同じように捨てるのではないか。そして自身の命さえも。

「セレナは師には向かないな……」

七、No one lives forever

「機嫌が良いな、セレナ」

「リック、明日からは手筈《てはず》通り、リエンブールから来る客人を、全てシャガードに対処させる」

稽古後、初の実戦経験をシャガードにさせて部屋に帰ると、リックが私の帰りを待っていた。

「シャガードを護《まも》るのが仕事だぞ。大丈夫なのか？」

「死なないように監視はするさ」

「絶対なんてものは存在しない。お前が一番分かっているだろ」

「『No one lives forever』」

「何だ、それは」

「古い知り合いの言葉だ」

前世で師が好んで歌っていた歌の歌詞にあったかな？

まぁ、本人も時々暗殺対象や気に食わない連中を殺す前に皮肉のように呟《つぶや》いていたけど。

「聞かない言語だな」

そりゃそうだろ。前世で生きていた世界の言語なのだから。

「どういう意味だ？」

「誰も永遠には生きられない」

今日は良い夜だ。窓を開けると頬を撫《な》でる風が心地よい。月の夜も好きだけども朔《さく》の夜が一番好きだ。

世界から煩わしい光が消えるこの時間が好きだ。

「ならばいつ、どこで死のうが大差はないだろう。それに、この程度の暗殺者に殺されるのなら王の器ではなかったということだ」

リックの目に鋭さが宿った。今回の任務は王命の中でも最重要の案件。どこまで私に信じて任せるか、判断しかねているのだろう。

私には忠誠心なんてものは欠片もないからな。王に仕えるような器じゃないし、柄でもない。殺せと命じられれば誰でも殺す。今も昔も変わらず、私は暗殺者だ。

「ご大層な命というわけでもないだろ。誰もが等しく、無価値だ」

「笑顔を浮かべて言うことじゃねぇな」

私に説教はするだけ無駄だと判断したリックはいつもの調子を取り戻した。

「いつか死ぬのなら確かに、いつ、どこで死んでも大差はないのかもしれない。だがな、時と場所を間違えて死なれると面倒事ってぇのは増えるもんだ。どんな気紛れを起こしてお前がシャガード殿下の稽古をしているのかは知らねぇが、程々にしておけよ」

リックは窓を乗り越えて帰って行った。

「お休みになられますか？」

「ええ。明日も学校があるからね」

「手伝います」

ティグルは私の髪を解き、櫛《くし》で梳《と》かす。

戦闘部族として類まれな戦闘力を発揮する任務中の彼からは想像ができない程優しい手つきだ。


シャガード・リエンブール、私の初めての教え子。

稽古をつけている人間がその成果を発揮するのを見るのは、思った以上に嬉しいものだった。

私の師匠もこんな気持ちだったのだろうか。

「楽しそうですね」

「そう見える？」

「はい」

楽しい、か。転生してからは始めて味わう感覚ばかりだな。

「セレナ様が楽しそうで嬉しいです」

「そうか」

「はい」

私は鏡越しにティグルを見る。

ふと、彼を拾った地下牢でのことを思い出す。

もし転生前の私ならこいつをどうしたかな。きっと弱者として切り捨てただろう。拾うなんてそもそも思いつかないし、そんな思考回路も持ち合わせてはいなかっただろう。

気紛れを起こしたのは、いや、起こせたのはそれだけ今の自分に余裕があるからだ。

シャガードの件もそうだ。

他人がどうなろうが気にしたことなんてなかった。

弱いから稽古をつけてくれ？ 強くなりたいから戦い方を教えてくれ？ そんなことを言われたらあの頃の私なら鼻で笑っていただろう。

「私も随分と変わったな」

「セレナ様？」

「なんでもない」

†††

「ヴァイオレット公爵令嬢。おはようございます」

「……おはようございます、アラバン子爵令息」

余程、姓で呼ばれるのが気に食わないのだろう。いや、姓というよりも〝子爵令息〟のほうか。だからって毎回、反応しなくても良いだろうに。

「イスマイールで構いませんよ」

でも、自分の血筋や出生にコンプレックスを抱いていると周囲に気付かれるのは嫌と見える。面倒な性格だな。

誰の血を引いていようとも勝者になれば、自分を正当化し相手を黙らせることができる。コンプレックスなど抱く必要もない。

そんなものを抱くのは、勝者になることができない程自身が無能であると自覚している者だけだ。ならば、イスマイールもそうなのだろう。

「どこにだってツバメはいます。おかしな噂を立てられて他国からお預かりしている留学生に迷惑をかけるわけにはいきませんから」

「……お気遣いありがとうございます」

イスマイールからしたら噂が流れるのは万々歳だろう。他にも粉をかけている貴族令嬢はいるようだが、あまり反応が宜しくはない。

それもそうだろう。彼が狙う高位貴族令嬢は婚約者がいるか、もしくはエヴァンの婚約者候補に名を連ねている。

仮にその枠組みから外れていたとしても、立場の不確かな、しかも王の血を引いていることで火種になりそうな危険な存在と関係を持ちたがる貴族はいない。

「時にヴァイオレット公爵令嬢、最近はシャガード殿下と随分親しくなられたようですね。何かありましたか？」

「私は公爵令嬢でありエヴァン殿下の婚約者候補ですから、シャガード殿下とは不敬を承知で言わせていただけるのなら多少は近い位置にいます。そのせいか、お互いに悩みを打ち明けやすいのでしょう。それにシャガード殿下であれば立場的に、私のツバメになるなどという馬鹿げた噂は広まらないので、何も問題はありませんしね」

ツバメには二種類いる。

あり得ない噂をばら撒き人を破滅させるツバメと、地位の低い男性が地位の高い女性に養われる、いわゆるヒモと呼ばれるツバメ。

先程の言葉と今の言葉を合わせて、私はイスマイールに言ったのだ。『イスマイールをツバメとして飼うつもりはない』そして『シャガードとイスマイールでは立場が違う。自覚しろ』と。

子爵令息でありながら、王族の血を引くことに変なプライドを持っているイスマイールにとって、自分がツバメ扱いされたという屈辱は耐え難いものだろう。

本当は「不敬だっ！」と私に対して怒鳴りたいでしょうね。

自国では気に入らないことがあるとすぐに人や物に当たる性格だとリックからもらった情報にあった。

でも今、それをすることはできない。ここは自国ではないのだから。

自国ではいくら王に認められていないとはいえ、王族の血を引く者として尊大に振る舞っていたようだし、高位貴族にもかなり強気に出ていたと聞いている。

でも他国でそれをすれば、相手ではなく自分の首が落ちることになるだろう。だっていくら王族の血を引いていたとしても彼の身分は子爵令息なのだから。

「あなたにとって、私はツバメではなく、獣になりたいものだ」

自分の立場を理解しながら、それでも雄としてのアピールを忘れないのはさすがだけど。

「イスマイール殿だけではないですよ」

エヴァンが後ろから私とイスマイールの間に割って入ってきた。かなり無礼な行為だけど、相手がエヴァンだけにイスマイールは眉間に皺を寄せるだけに留めた。

「男はみんな獣だ。特にあなたに対しては、紳士でいることは難しい」

そう言ってなぜかエヴァンは私の髪を一房とってキスをする。イスマイールに見せつけるように。

周囲にいた無関係な令嬢から黄色い歓声が上がり、それと同時に私に敵意が向けられた。

これでまた、面倒ごとが増えたたな。

私がイスマイールを挑発したようにエヴァンもパフォーマンスとしてそのような行為に及んだのだろうけど、正直もう少し違う方法をとってほしかった。できれば私とは関係のない方法を。

私はさりげなくエヴァンの手を払いのける。

私の行動を予測していたのだろう。エヴァンは肩をすくめて苦笑するだけだった。

「エヴァン殿下、おっはようございまぁす」

騒がしいのが増えた。

大きな声を出して駆け寄ってきたアイーシャは、エヴァンの腕に抱きつく。

途端に周囲の令嬢の敵意が彼女に向かう。

「淑女が大きな声を出して、はしたない」

「見て、あのように婚約者ではない異性に触れて。ここはいつから娼館になったのかしら」

「目が汚れるから見たくもありませんわ」

「たかが子爵令嬢風情が、身の程を弁えるべきよ。これだから教養のなっていない下級貴族は」

なんて会話が聞こえてくるけど、アイーシャは気にもしていないようだ。それどころか、豊満な胸をエヴァンの腕に押し付けて私に勝ち誇った笑みを向ける。

彼女はここを娼館と勘違いしているようだ。けれど、彼女は娼婦にはなれないだろう。少なくとも上級娼婦には。

貴族の多くが娼婦を馬鹿にするが、彼女達は機転がきかないと生きていけない。処世術としてのマナーや教養も必要だ。貴族に不快な思いをさせれば、簡単に職や命を奪われる。

それに比べアイーシャは、自分の身分も立場も自覚していない。男なら誰だって自分に落ちるという自信だけはあり、王族であるエヴァンに許可もなく触れているのだろう。

エヴァンが不敬だと怒れば、その首など容易く落とせるのがこの国の身分社会で、アイーシャが不当に守られているリエンブール以外の世界の秩序だというのに。

「アラバン子爵令嬢、放していただけますか?」

「えぇっ、もっと一緒にいたいですぅ」

アイーシャはさっきよりも力強くエヴァンの腕に抱きつく。彼の腕に押し付けている胸が完全に潰れているじゃないか。よくやるな。

普通の男なら鼻の下でも伸ばしていそうだけど、エヴァンを見ると彼はいつものように涼やかに微笑んでいるだけだ。

「あなたは俺の婚約者でもなければ、婚約者候補でもない」

だから気安く触れるなと含みを持たせた言葉にも、アイーシャの態度が変わることはない。

それどころか更に気安い態度を取るアイーシャを見ると、自殺志願者なのではないかと疑ってしまう。

「そんな寂しいことを言わないでください、エヴァン殿下。私はあなたともっと仲良くなりたいです」

「君は俺よりも仲良くするべき相手がいると思うよ」

「もちろん、ヴァイオレット公爵令嬢とも仲良くしたいと思っています、でも」

彼女の的外れな回答に思わず吹き出してしまった。

「ヴァイオレット公爵令嬢、何がおかしいのですか？」

笑う私の横でエヴァンは呆れた顔をしていた。もちろん、アイーシャに対してだ。

けれど、私に意識を向けているアイーシャはエヴァンが呆れていることも彼が何に呆れているかにも気付いてはいなかった。

「私と仲良くなる気があって光栄だと言うべきかしら？　でもね、子爵令嬢さん、あなたのお国ではどうだったか分からないけどここ、アストラでは自分の身分にあった者と交流することが主流となっているの。もちろん、身分の壁を乗り越えて築ける友情もあるけど、その場合でも必ず分は弁えているものよ」

「身分で人を差別するなんて間違っているわ。それだと王族であるエヴァン殿下は友達も作れずにずっと孤独なままじゃない。そんなの可哀そうよ」

身分を批判することは王制度の批判につながり、それは叛逆《むほん》の意志ありと声高に宣言しているようなもの。

しかも、それを主張したのが王家の血を引きながら王家から認められずに子爵令嬢の身分しか与えられていないアイーシャが言えば不勉強で済ませることは難しいだろう。

アイーシャにはもちろんそんなつもりはなかっただろう。というか、そんな頭すらないだろう。

もちろん、彼女は身分差別の撤廃を心から望んでいるわけではない。それもそうだろう。

自国で、そしてあまつさえこのアストラでも、王家の威光を笠にきて傲慢な振る舞いをしていることは私の耳にも入っている。

そんな人間が「身分で人を差別するなんて間違っている」なんて臍《へそ》で茶が沸かせそうだ。

「それはあなたが決めることじゃない」

差し詰め、自分は身分に囚《とら》われない良い子ですアピールのつもりなのだろうけど、それは悪手だ。

まだ彼女がそれなりに高位の貴族であれば目を瞑って彼女の思惑通りの感情を抱くことができたかもしれない。

しかし、子爵家の身分でそれを口にすれば教養も礼儀も持ち合わせていない夢みがちなお嬢様になるだけだ。

手っ取り早く後ろ盾を得る為にエヴァンの婚約者になろうとする前に、高位貴族の怒りを買わないようにするのが先決でしょうに。

「嫉妬なんて醜いと思いますけど。エヴァン殿下、ヴァイオレット公爵令嬢が怖いですぅ」

そう言ってエヴァンに縋り付く様に周囲の令嬢達の殺気が増す。

アイーシャは良くも悪くも人の感情を昂らせる才能があるようだ。

「嫉妬？」

私は腹を抱えて笑った。ここまで笑ったのは初めてかもしれない。笑いすぎて目から涙まで出てきた。

「ちょっと、笑うなんて失礼よ」

うるさい女だ。人がいい気分の時に水をさすのは、殺しても良いという合図で問題ないだろうか。

ああ、こういう時の為に用意したんだった。

私は鉄扇を取り出し、彼女の肩を軽く叩いてから彼女の首、頸動脈がある部分を優しく撫でた。

頭の中である詩の一節が思い浮かんだ。

『すれちがつた今の女が
眼の前で血まみれになる
白昼の幻想』

これはなんだったかな?

ああ、確か師が好んで読んでいた本に載っていたものだ。

師はいろんな国のいろんな言語で書かれた本を読んでいた。

これは私が前世いた世界の東方から来た詩集だった。師のお気に入りの本だったな。

「な、何よ」

この詩を作者がどんな感情で描いたのか知らない。でもきっとまともな精神状態ではなかったのだろう。少なくとも周囲にありふれた凡人の目にはそう映ったはずだ。

そしてこの本を好んで読んでいた師も同様に。

私も今、そんな二人と同じように猟奇的な目をしていたのだろうか。殺気も出していないのにアイーシャが怯んでいる。

「子ウサギのように怯えるだけの弱者に嫉妬などしない。自身の力量も分からず、誰かれかまわず噛みついて吠えまくるオツムの弱い者を前に抱くのは、愚者に対する憐れみよ」

まぁ、私はそんな生優しい感情を抱いてはいないけど。私が抱くとしたら煩わしい人間を排除したいという殺意だけだ。

「アイーシャ・アラバン、気をつけてね。リエンブールではどんな蛮行も許されたかもしれない。馬鹿をやってもあなたを愚かと糾弾する者も、あなたを嘲笑う者もいなかったかもしれない。でも、ここはリエンブールではないの。そして、あなたの前にいるのは男爵令嬢ではなく、アストラ王国の公爵令嬢よ」

「だから何よっ！」と言いたげな眼差しね。ここまで言っても、それでも王族の血を引くだけの自分の立場のほうが強いと思っているのは明白。何を言っても無駄だから、こんなところまで来てしまったのでしょうね。

「子爵令嬢《あなた》一人ぐらい消すのはとても簡単なことよ。だから、口の利き方には気をつけてね」

私がにっこりと笑うと何故か周囲にいた野次馬達が頬を染めてざわつきだした。会話は聞こえていないはずなのに、どうしたのだろう。

アイーシャから視線を逸らして確認しようとしたら、それを阻むようにエヴァンが咳払いをした。

「時々、君が魔性の女に思える」

ただ笑っただけでなぜそんなことを言われないといけないのか分からない。

でも、エヴァンは説明する気はないようで校舎の中に入ろうと促してくる。怒りで握りしめた拳を振るわせるアイーシャを置いて。

さて、彼女はどう動くだろう。

「ちょっと挑発しすぎたかな?」

エヴァンは背後で佇むアイーシャに視線を向けた。彼の視線はアイーシャだけではなく周囲の令嬢にも向いている。

　エヴァンは自分の立場や容姿が周囲にどのような影響を及ぼすのかを知っている。アイーシャが自分に馴れ馴れしくしたことで、周囲の令嬢がアイーシャに何かしらのアクションをするであろうことも予測しているだろう。

　もちろん、アイーシャが人の忠告を聞かない人間であることも承知しているだろう。そして私の挑発に対して彼女がどのように感じて、動くかも予測した上でエヴァンは私を止めなかった。それどころか、私に馴れ馴れしくすることで、自分にとっての特別は私だけなのだとわざと彼女に思わせるようなことをした。

　……いい迷惑だ。

「問題はないでしょう。何が起ころうと自業自得」

　自分が弱者だと自覚できずにありもしない力をふるい、強者であるように見せる様は愚かと嘲笑すれど、哀れみなど抱きはしない。

　優しい世界など存在しないのだから。

「弱者はいつだって強者に淘汰される運命にある」

　悪いのは生き残る力を持たなかった弱者。恨むべきは自身の無能さだ。

「そうだろうか？」

　エヴァンの真っ直ぐな目が私を見る。人の愚かさ、貪欲さ、醜さを知りながらそれでも可能な限り人を救いたいと、救うべきだという目。傲慢なその目が私を不快にさせる。

「貴族の義務《ノブレス・オブリージュ》」

ああ、この世で最も嫌いな言葉だ。

「だから？」

私はエヴァンの目を見つめ返した。

「弱者は救済されるべきだと？」

貴族の義務？　そんなものは貴族が自ら、勝手に自分達に課したものだ。傲慢の象徴とも言える。

「救う力があるのならそうすべきだと俺は思うよ。そして王族にも、貴族にもその力がある」

「でも、全てを救えるわけじゃない。救うべきかどうかは誰が判断する？　自分達の好みに合った人間を貴族が、王族が、取捨選択して救うの？　傲慢ね」

ならば、前世の私はその選択から漏れ出たのだろう。だから薄暗い道しか用意されていなかった。その道しかなかった。

『この方を守る為ならあなたと相討ちになっても構わない』

ならば、ねぇ、前世の私を殺した、あなたに似ていたあの騎士は選ばれた存在だったの？

だから、他人なんかの為に命をなげうったの？

救済者がそうさせたの？　その為に救済者は人を救うの？

私とあの騎士の違いはなんだったのかしらね？　きっと大した違いはなかったのでしょう。

ただ右を行くか、左を行くか、それぐらいの違い。たったそれだけで生きるべき道はあんなにも変わってしまうのね。

でも、あの騎士と私は生きる道も、世界も違ったけど、末路だけは同じだったのよ。

なら私は選ばれなくていい。他人なんかの為に命を使ったりはしない。だって私の心根は今も暗殺者だもの。


「セレナ、君の言うとおりだ。全てを救うことはできない。きっと選択を迫られる時がくる。いや、君の言うとおり、誰かを救うというのは常に選択をしているのだろう。俺が全ての人間を救えるとは思っていない。でも、だからって全てを見捨てていいはずがない。そんな残酷な国にはしたくはない」

「そう。お優しいのね」

「……セレナ、君のことだって救いたいと思っている」

その時の私はいったいどんな表情をしていたのだろう。笑っていたとは思う。

だって、エヴァンったらおかしなことを言うのだもの。

私は私が選んだ道に後悔はない。たとえ、その道しかなかったのだとしても。選んだのは私だ。何度生まれ変わり、何度同じ選択を迫られたとしても、私はきっと同じ道を選ぶだろう。


「俺は、あなたに救われました」

従者として後ろで黙っていたティグルがそう告げた。

奴隷にした彼の主人を私は殺し、彼を邸に連れて帰り、同じ暗殺者の道を歩ませた。

「救ったわけじゃない」

「はい。セレナ様にそんなつもりがなかったのは知っています」

ただの気まぐれ。師が前世の私にそうしたように、私も彼にそうしただけ。もしそれを救いというのならば私も師もかなりの傲慢ね。

「それでも、俺が今あなたの側にいられるのはあの時、あなたが俺を選んでくれたからです。あなたを選んで良かった」

穏やかに笑うティグルに、話の内容は聞こえなくても遠巻きに見ていた女生徒から黄色い歓声が上がった。

彼女達の声で、我に返ったのか「学校でする話ではなかったな」とエヴァンが苦笑して、話はここで終わった。

八、他者に石を投げ続けた者達は張り巡らされた罠に気付かない

side .アイーシャ

ぎりっと奥歯を噛み締める。心に広がる不快感。

セレナ・ヴァイオレット。たかが公爵令嬢の分際で王族の血を引く私を馬鹿にして。

「セレナ嬢、やはり美しいな」

「はぁ!?」

双子の兄であるイスマイールの目は完全に曇っている。自分の役割まで完全に忘れている。

「どこが？　元が無愛想で可愛げがないからって、ちょっと笑ったぐらいでころっと騙《だま》されて。

バッカじゃないの」

「なんだとっ！」

これだから男は。スタイルは良いし、顔もまぁ、そこそこは良いとしてやるけど。百歩譲ってやっての評価だけど。

「あんな底辺の公爵家よりももっと後ろ盾として立派な家柄の令嬢の一人ぐらい落としてきな

さいよ。付き合っている友人だって下級貴族ばっかりじゃないっ！」

「底辺というが、社交に積極的でないせいで社交界での地位が低いだけで、彼女の家の財力には目を見張るものがある。それに彼女はそんな中でも王太子の婚約者候補になれるぐらい聡明だ。彼女の存在によりヴァイオレット公爵家の地位が将来的に向上することは、十分あり得る」

セレナ・ヴァイオレットとの交流は決して無駄ではないとお兄様は力説するけど、思い通りになりそうにないあの女に構うより、バカな有力貴族の令嬢を捕まえて、自分の言うことを聞くように躾けたほうがよっぽど使えるじゃない。

そこら辺の人の悪口を言うのが大好きなバカ女なんて、大して可愛くもない見た目を褒められばのぼせ上がる連中ばかりなのだから。

「何が財力よ。貴族のくせに商人の真似事をしている恥知らずな家じゃない。だから名ばかりの公爵令嬢なんて馬鹿にされるのよ」

アストラに来てから知り合った私の友達も、よくセレナ・ヴァイオレットのことを馬鹿にしている。下級貴族にまで馬鹿にされるなんて。

どうしてあんな無能な女が高い地位につけて、私のように能力のある人間が子爵家の地位しか与えられないのよ。その身に流れる血の高貴さだって私のほうが優っているのに。世の中って本当に理不尽だわ。

「アイーシャ、さっきから俺のやり方に文句ばかり言っているが、お前のほうはどうなんだよ?人のこと言えないだろ。友人として囲っている連中は下級貴族ばかり。留学前は『私の魅力で必ず王太子を落としてみせるわ』とか言っていたくせに実際はどうだよ」

「っ」

「どう見たって、王太子はヴァイオレット公爵令嬢にぞっこんのようだが」

「うるさいわねっ！　すぐに私の魅力でメロメロにしてみせるわよ！　私はこの国の王妃になるんだから」

「せいぜい、頑張るんだな。俺は男だからリエンブールの王になれる可能性が残っているが、お前は他国の王妃か自国の貴族に嫁ぐしかないんだから」

「分かってるわよっ！」

いいわよね、男は。男ってだけで能力がなくても高い地位につけるんだから。女の私ばかりが苦労させられる。どうして私だけ。どうして私ばっかり。なんで、私なのよ。

私は腹立たしさを抱えながら校舎に入った。ずんずんと廊下を歩いていると、誰もが私に注目をする。

何やら私を見ながら話しているようだけどどうせ悪口でしょう。何を言っているかまでは聞こえないけど分かるんだからね。自国でもそうだったもの。本当にくだらない。くだらない連中ばかり。


「アイーシャ様、おはようございます」

教室に入ると何人かの令嬢が私に駆け寄ってきた。

こいつらは虎の威を借りる狐だ。私という虎に媚びへつらう無能。でも、こんなのでも今の私には必要だ。自分の手足として動いてくれる人間がここにはあまりいないから。

アストラって歴史も古いし、大国なのに馬鹿な連中ばかりよね。媚を売るべき相手も見分けられないなんて。そんな国の王妃になったら大変そう。私って本当に苦労性なのね。

「ええ、おはよう」

「あら、アイーシャ様、どうかなさいましたの？　ご気分が優れないようですけど」

頬に手を当てて首を傾げる令嬢に他の令嬢達も便乗して私の心配をする。

「実は、校舎に入るまでヴァイオレット公爵令嬢と一緒だったんです」

「まぁ、ヴァイオレット公爵令嬢と」

「はい」

私はできるだけ悲しく見えるように表情を歪める。そうすると水を得た魚のように彼女達の目が爛々《らんらん》と輝き出した。

あの女、かなり嫌われているわよね。まぁ、無理もないか。性格悪すぎるもんね。私みたいに性格が良ければここまで嫌われることもなかったでしょうに。

いくら地位が高い令嬢でも性格に問題がある令嬢はやはりダメね。お兄様も早く目を覚ましてあんな阿婆擦れに構わなければ良いのに。

大体、従者だかなんだか知らないけどずっと男を従えているじゃない。あの男、顔にある火傷が残念だけど。見た目は良かったわね。火傷さえなければ私が相手をしてやっても良かったんだけど。

「私が王太子殿下に近づいたのが気に入らないみたいで」

「もしかして何か酷いことを言われたんですか？」

私は情報を引き出そうとする彼女達には何も言わずに曖昧に微笑む。こうしておけば彼女達は勝手に想像して勝手に話を広げてくれるだろう。

私は何も言ってはいないから、何かあっても勝手に憶測して、勝手に話を広めた彼女達の責任だ。馬鹿って扱いやすくて助かるわ。

きっと明日には彼女達の口からあの女の悪行が広まるだろう。うまくいけば王太子の婚約者候補から外されるかも。

あはっ。だったらざまぁないわね。たかが貴族令嬢ごときが王族の血が流れる高貴な存在の私に楯突《たてつ》くからよ。徹底的に叩き潰してやるわ。

†††

side .シア

変装のスキルを重宝され、普段は闇ギルドに身を置く私だけど、今はリックに命じられて学校に潜入して、アイーシャ・アラバンの取り巻きの一人に紛れている。

取り巻きとして他の人よりも多く彼女と言葉を交わしているが、抱く感情はいつも同じだ。

ああ、本当に血筋や権力への執着程人を愚かにするものはない。

アイーシャ・アラバン子爵令嬢。子爵令嬢でありながら王族というご大層な血を受け継いでしまった哀れな令嬢。身の丈に合わぬ物は持つべきではないわね。

子爵令嬢という器に王家の血は毒だ。彼女は気付いていない。自分が重宝している血が毒であることに。徐々に体内を巡り、その命を摘み取ろうと侵蝕していることに。

自分の立場を自覚して大人しくしておけば良かったのに。そうすれば今よりも少しは長く生き残れただろうに。今となっては、彼女の命は風前の灯火。

アイーシャ・アラバン、イスマイール・アラバン。

彼らの存在は王家に穿《うが》たれた楔《くさび》だ。

それは王家の血を汚し続けるし、王家を害そうとする者にとってはいつまでも利用価値のあるものとして注目され続ける。生まれた時点で、いずれ排除されることが運命付けられた存在なのだ。

ただ、生まれただけならば罪はなかった。親の犯した罪を背負わされた哀れな存在として葬り去られただろう。

しかし彼女達は同情を集めるには好き勝手をしすぎた。だから少しの同情すら抱かれず、人々の記憶から消し去られることになる。

リエンブール王が彼らを生かしているのは害意を持つ者の選別に利用できるから。そしてシャガード殿下を教育するのに使えるからにすぎない。

残酷なようだけど、これが王侯貴族の生きる世界なのだ。

綺麗な外装で身を包むのは自分の醜さを理解して、覆い隠す為ではないかと時折思うことがある。

まぁ、周囲にいる人間の心の美醜などどうでも良いけどね。私はリックに命じられた通りに動き、報告するだけ。

「王太子殿下にはヴァイオレット公爵令嬢よりもアイーシャ様こそが婚約者に相応しいと私は考えますわ」

私がそう言うと、アイーシャは当然だという顔をした。

「さすがにそれは言い過ぎでは」という他の令嬢達の態度など目に入ってはいない。見たいものだけを見て、聞きたい言葉だけを聞く。本当に都合のいい目と耳だな。

「ええ、私もそう思いますわ。だって、アイーシャ様は王族の血を引いていらっしゃるもの」

「リエンブールでは王宮で暮らしていますしね」

私と同じく、ギルドから送り込まれた者達が賛同すれば、何も知らない下級貴族の令嬢達も「そうなのかも」と考えを改め出した。

下級貴族では得られる情報は限られている。だからアイーシャ・アラバンの立場を完全に理解できないのは仕方がない。ならば、くだらぬ欲目など出さずに大人しくしておけば良かったのに。そうすれば巻き込まれて一緒に排除されることもなかっただろう。

まぁ、自分の迂闊《うかつ》さが招いた結果だと諦めてもらうしかない。

セレナ様はあまり評判の良い令嬢ではないし、社交界でのヴァイオレット公爵家の地位が低いので、馬鹿にしても問題ないと思ってしまったのだろうけれど、セレナ様は侮《あなど》っていい方ではない。社交にも人にも無関心だけど、研ぎ澄まされた牙を持つ獣のような存在だ。

それを本能的に察知しているのか、令嬢達はセレナ様を排除しようと必死にアイーシャ・アラバンに彼女の悪口を吹き込む。

アイーシャ・アラバンも同じ下級貴族の令嬢でしかないのに、同じ身分の令嬢達が媚び諂う姿はとても滑稽だった。

とりあえず、彼女達の存在もリックに報告しておこう。

九、窮鼠と猫

「剣術大会ですか？」

「ああ。学内で行われるイベントだ。参加者は騎士を目指す者が主だが参加は自由なので文官希望者も出場可能だ。王族は必ず参加しているし、貴族も毎年かなりの数が出場している。男は戦時下になれば徴兵される可能性があるし、そうでなくとも自分の身を守る術は最低限身につけるべきだからな」

とは言っても、やはり大半が騎士を目指している者に負ける。何せ気合いの入れ方が違う。なぜなら騎士団の上層部が観にくるからだ。騎士団に見込みのありそうな者は大会終了後にスカウトを受けることもある。

この国では騎士の地位は高く、上位貴族の子女にも爵位と実務を継ぐまでは騎士団に属するものが一定数いる。更にそこでの地位は、その後の貴族社会の社交でも威力を発揮する。そんな将来の為を思えば気合いが入るのは当然か。

対して騎士を目指さない者達は、自分が恥をかかない程度であれば良いのだ。

本来ならそんな心構えで出るなと怒号が飛ぶだろうが、この国は長く平和でありすぎた。戦時下のことを考えて貴族男子は剣術を学ぶが、実際に戦場で自分が戦う姿など想像ができず、〝戦い〟や〝死〟は遠いのだ。そんな彼らだから剣も軽い。

「腕試しに出てみるのもいいだろう」

シャガードは元々王家の優秀な騎士に習っていたのであろう。騎士を目指す参加者を含めても強い部類に入れる程度の基礎は出来上がっていた。それに加えて、私が対暗殺者用に稽古もつけた。

剣術大会にどれだけの猛者が出るかは分からないが、まぁ、死にはしないだろう。多分。

「暗殺者を使った実戦経験もいいが、たまには騎士を使った訓練もしたほうがいい」

相手が必ずしも暗殺者を使うとは限らない。本来であれば自分の身を守ってくれるはずの騎士がその刃を向けてくることもある。その可能性を示唆すると、シャガードの顔が一瞬だけ強張った。

「自分の剣術が騎士相手にどこまで使えるのか、知りたくないか？」

神妙に頷くシャガードを見て、自分の計画が上手く行きかけていることに笑みが漏れる。

「では決まりだな。ああ、大会には殿下の義弟も出るそうだ」

「イスマイールが？」

「ああ。叩きのめすのにちょうどいい機会だ」

剣術大会に出て結果を出し、人脈を少しでも広げようとしているのだろう。学内ではあまり上手くいっていないようだし。何でもいいからきっかけを欲しての参加か。

「……セレナ、一応『剣術大会』だからね。殺すのはダメだと思うよ」

「誰が殺しを命じた？　したいのなら止めはしないが、暗殺というのは本来人気のない場所で誰にも気付かれないようにするものだ。公衆の面前で正々堂々とするものではない」

「……」

こいつの立場上、実力を隠すのが一番安全だが今回は見せつける。

弱いと思っていた相手に鼻っ柱を折られたらイスマイールの屈辱は相当なものだろう。きっと、色々とやらかしてくれる。

イスマイールを潰す口実をイスマイール本人が作ってくれるのだ。その為ならシャガードも多少の危険ぐらい受け入れてもらおう。

「シャガード、遠慮は要らん。全力でイスマイールを叩き潰せ」

「……殺さないからね」

「……」

先程から「殺す」、「殺す」と。シャガードは余程イスマイールを殺したいらしい。まぁ、無理もない。恨みつらみが積もっているだろうから。

でも、剣術大会で殺してしまったら、私の計画がご破算だ。シャガードは罪に問われ、リックからの任務は失敗に終わる。だから少なくともアストラにいる間は、殺すのを我慢してもらわないと。殺すのはリエンブールに帰ってから好きなだけすればいい。

殺しそうになったらさりげなく止めておくか。イスマイールがどうなろうが知ったことではないけど、任務の失敗などあり得ないからな。

†††

そして迎えた剣術大会当日。校内は祭りのような賑わいだった。

「例年よりも参加者が多いようですよ」

私の隣にはなぜかスカラネット・ジョルダンがいた。

「狩猟祭での一件で、見込みのある新人騎士発掘に力が入っているとの噂です」

「セレナ」

下から声がするので見てみると、エヴァンが会場から手を振っていた。そうか。王族代表として今年はエヴァンが出るのか。

戦うイメージのない優男だが、狩猟祭の時には躊躇いもなく魔物に立ち向かっていたから腕に自信はあるのだろう。でなければ無謀すぎる。ましてや王族の身ですることではない。

「エヴァン殿下も出場されるのですね」

スカラネットはエヴァンに手を振り返し、「ほら、セレナ様も」と言って私の手を掴み、手を振らせる。

私が自主的に手を振っていないのはエヴァンにも見えているはずなのにとても嬉しそうだ。

「王族の方は幼い頃から騎士団長直々に剣術の指南を受けるそうですよ。中でもエヴァン殿下はかなり筋が良く、王族でなければご自分の養子にしたいと騎士団長が言っていたそうです」

「そう」

「始まりますわね」

では、お手並み拝見といこうか、エヴァン。

右、左、右、左……さっきから同じ攻撃ばかり。剣術の基本をなぞっている。

まぁ、騎士同士の戦いならそれで問題ないだろう。騎士同士でもこういう剣術大会のような場面なら特に。でも、ここが戦場だったら、経験豊富な騎士が相手だったらそれでは勝てないぞ、エヴァン。

「!?」

その時突然、さっきまで騎士の基本通りの戦い方をしていたエヴァンの剣筋が変わった。

弾かれたと思ったエヴァンの剣は、気付けば角度を変えて相手に切り込んでいた。

相手の生徒は今まで基本通りの戦い方だったからこそ次の攻撃を読み、対応していたが、そこでまさかの不意打ちに身体がついて行けず、手から剣が離れた。

「……布石だったのか」

エヴァンは落ち着いた動作で、体勢を崩した生徒に剣先を向け、それを見た審判が「勝者、エヴァン殿下」と告げたことで、第一戦は終わった。

「やるじゃないか」

「すごいですね、エヴァン殿下は。とても格好良かったです」

スカラネットは興奮しながらエヴァンを褒め称える。観客席からは令嬢の黄色い歓声が飛び交う。そういうところは貴族も平民も関係ないな。

エヴァンは客席に応えるように手を上げて、一礼する。

顔を上げたエヴァンの視線がなぜか私に向いていた。まぁ、なかなか面白い戦いだったから拍手で返してやると、エヴァンはとても嬉しそうに笑い、すると更に黄色い歓声というか騒音があちらこちらからした。……鼓膜が破けそうだ。

次の二人は確か騎士志望の生徒だったな。騎士志望の生徒らしい綺麗な戦い方だ。エヴァンのように相手の不意をつく為の戦略などもないようだ。

退屈だ。

背の低い生徒が仕掛け、茶髪が受け止め、弾く。ああ、背が低いほうが体勢を崩したな。脇腹がガラ空きだ。これは勝負あったな。

「勝者、イノヴァーン」

思った通り、茶髪が勝った。

司会者の宣言に会場は大盛り上がりだ。

「手に汗握る戦いでしたわね！」

興奮したスカラネットが話しかけてくる。『どこが』と心の中で呟きながら、私は次の戦いに目を向けた。

弾く、受け止める、攻撃を仕掛ける。手拍子でも打ってやりたくなるような規則的な動き。

「まるでワルツだな」

「へぇ〜、面白い感想だね」

「エヴァン、試合はいいのか？」

「次の戦いまで時間があるからね。休憩がてら見に来た」

「エヴァン殿下、とても素晴らしい戦いでしたわ」

「ありがとう、ジョルダン伯爵令嬢」

エヴァンが私の隣に腰を下ろすと、背後から凡人には見えない速さでナイフが出てきた。

エヴァンはおそらく予測していたのだろう。剣の柄でナイフを止めていた。

「何のつもりだい、ティグル」

「セレナ様の為に虫を排除しようとしただけです」

「虫は有害だからね。病原菌をたくさん、持っている。だから主人を守る君の姿勢はとても素晴らしいけど、手元が狂ってるよ。おかげで死にかけた」

「殿下の仰る通り、虫は有害です。セレナ様を守る為なら多少の犠牲はやむを得ないかと」

どうしてこの二人はこんなにも殺伐としているんだ。

「ティグル、とりあえずナイフをしまったら。他の人に見られたら面倒よ」

「……はい」

めちゃくちゃ不満そうね。

「次の試合が始まりましたわ」

スカラネットは試合を見るのに夢中で先程の攻防など眼中になかったようだ。

気付かれなくて良かった。大騒ぎになるところだった。

「つまらなそうだね」

エヴァンはなぜか試合ではなく私を見ていた。試合を見にここへ来たのではないの？

そしてティグル、殺気を抑えなさい。ここには騎士団の幹部だって来ているのだから気付かれるぞ。

「剣術大会はこの学校の目玉イベント。周りを見てみなよ」

そう言ってエヴァンは周囲に視線を向けた。

隣にいるスカラネットは、エヴァンと私のやり取りに気付かぬ程目の前で行われている試合に見入っている。

周囲の生徒達も野次を飛ばしたり、応援したりしている。まるでお祭り騒ぎだ。

「君ぐらいだよ。そんな、つまらなさそうに試合を見ているのは」

私からしたらこんなのはお遊戯だ。そんなものを見て楽しめと言うほうが無茶だろう。

「きっと、君には全てが分かるんだね。いつ、どんな攻撃をするのか。どう防ぐのか。何故なら、騎士の戦い方とはそういうものだから」

「……私は騎士ではない」

「うん、知ってる」

「どうしてだろうね。時々、君は〝そっち側〟の人間なんじゃないかと思う時がある」

そう呟いたエヴァンのその時の表情はどこか寂しそうでまるで、置いてきぼりにされた犬のようだった。

〝そっち側〟……王族やそれに近い人間あるいは裏社会の人間が使う言葉。裏社会の人間を指す。隠語とまではいかないけど、一般人に通じる言葉ではない。

ここは惚けておくのが正解だ。

「言っている意味が分からない」

嘘なんて数え切れない程ついてきた。暗殺者であることを隠し、長い時間をかけて友人に、恋人になりすまして殺したことだってある。何も感じなかった。何も思わなかった。それが仕事だったから。

今だって貴族令嬢にうまく成りすませていると思った。

なのに、どうして今、胸が痛む？

「あの日、君は魔物と対峙をしていた。ただの公爵令嬢にはできないことだ」

「……」

そうだろうな。ただのセレナ・ヴァイオレットとして生まれたのなら私はきっとあの日に死んでいただろう。

『九九五六番』。それが前世での私の呼び名。セレナ・ヴァイオレットの本性だ。

「どこで学んだの？」

転生、前世の記憶なんて荒唐無稽な出来事と誰も知らない私の本性。それを知った時、お前はどうするのだろうな？

「エヴァン、人の秘密を無闇に暴くものではないよ。どの物語でも碌な結果になっていないだろう」

「そうだな」

まだ突っ込んでくるかと身構えたが、エヴァンはそこで止まってくれた。代わりに「騎士団には入らないのか？」と聞いてきた。

「私が騎士に？」

「ああ。君の実力なら問題はないだろう」

金の為に人を殺し続ける暗殺者だった私が、今度は主人と忠義の為に人を殺す？　そんな自分は想像できない。

それに人の為に命を張るなんて性に合わない。誰が生きて、誰が死のうが私には関係のないことだ。

『一人で生まれて、一人で死ぬ。看取る者も、その死を悼《いた》む者もいない。それが人を殺し続けた人間に与えられる最後の罰なのかもしれんな』

私以外にも弟子を抱えていた師匠は、その内の一人の訃報を知り、どこか寂しそうに呟いていた。

人を殺し続けた人間が最期に受ける、最後の罰か。

「狩猟祭で私は確かに魔物と対峙した。だが、私は人を守る為に戦ったわけじゃない。ただ眼前に存在した敵を排除する為に戦っただけだ」

「そういうふうには見えなかったけどな」

それは私の後ろにたまたまスカラネットがいたからだろう。偶然の産物というものだ。

「騎士団には入るつもりはないと？」

「ガラじゃない」

「そうか」

会話に一区切りがつくと「次はシャガード殿下ですわ」というスカラネットの言葉で私達は会場に視線を戻した。

そう言えばこいつも私の隣に座っていたなと、彼女の存在を忘れていたことに気付いた。

「シャガード殿下の相手はアラバン子爵令息か」

私がそうなるように細工をしておいたからな。

「お手並み拝見だな」

シャガード、無様な負け方したらただじゃおかないからな。

†††

side.シャガード

ゾクッと悪寒がした。観客席から嫌な気配を感じる？

夜な夜な現れた暗殺者よりも禍々《まがまが》しい気配だった。

「なんだ、怖気《おじけ》付いたのか？」

勘違いをしたイスマイールが、見下すような笑みを浮かべる。それに応えてやる気はない。

結果はすぐに分かるからだ。

ここで何を言おうともイスマイールからすれば弱い犬が吠えているだけにしか見えない。ならば、力でねじ伏せるのが一番良い。

試合が開始し、最初に仕掛けてきたのはイスマイールだった。

スピード、力、どれも同年代の者の中で飛び抜けている。きっと普通の貴族家に生まれていたのなら、あるいは正当な後継者として生まれていたのなら、誰もが彼の武芸を称賛しただろう。立派な騎士になることだってできた。

でも、彼の生まれ持った運命はそうではなかった。彼の両親はそれを許さなかった。彼もそれを許さなかった。だから俺は今日、ここで彼に勝つ。

右、次は左、もう一度左だ。防御、攻撃、防御。下から攻撃が来る。

分かる。攻撃の出方、タイミング、全部だ。全部手に取るように分かる。

『騎士や、その騎士に教えを受けている王侯貴族の戦い方には全て型が存在する。実戦経験を積んだ手練《てだ》れの騎士ならば臨機応変に対応できるが、実戦経験のない新人騎士や騎士を目指している段階の者であれば基本通りの戦い方をするはずだ。故に、対処は容易い』

セレナの言った通りだ。基本の型から外れた戦い方をしないから、次の攻撃が何かを予測することができる。

でもセレナはそれにばかり気を取られるなとも言った。人は戦いの最中に予想を遥かに超える成長を見せるからと。

命の危機を回避する為に対処するのが人だから、型通りに戦っても勝てなければ人は勝つ為に培ったものを捨てて戦う。そうなれば今までの戦い方では勝てなくなると言っていた。

ただの剣術大会に命の危機なんて大袈裟だ、と言ったらセレナは笑った。

『武術の真剣勝負は常に殺し合いだ』と言って。

そしてこの戦いに乗じてイスマイールは私を殺しにかかるか、再起不能にするつもりだとも言っていた。

公式イベントでそんなことするかなと思ったけど、頬を掠《かす》めるイスマイールの剣がその答えを物語っている。

「セレナの言った通りだったな」

イスマイールは事故に見せかけて私を表舞台から退場させるつもりだ。だからセレナは言ったのか。

『完膚なきまでに叩き潰し、格の違いを見せつけて、いい加減あの身の程知らずの馬鹿を黙らせろ』と。

攻撃が決まらないことで、イスマイールからは焦りと苛立ちが感じられる。そのせいか、彼の攻撃が単調になっていく。

戦いの場では冷静さを欠いた人間が負ける。そして戦いでの負けは死を意味する。

だからこそどのような戦いでも、たとえそれがお遊戯だと笑える程度のレベルでも、命をかけた戦いではなくても、今日のようなイベントとして催されるものでも勝ち続けろと、常に命は狙われていると思え、とセレナは言う。

何の不自由もなく、蝶よ花よと育てられているはずの令嬢が。

「くそっ、シャガードのくせに、偽物の王族のくせに」

悪態をつきながら攻撃を続けるイスマイールの呼吸は乱れ、剣を構える姿勢も崩れている。

彼が繰り出す攻撃は重い。でも、受け止めるのではなく受け流すことによって、こちらの身体にかかる負担は最小限に抑えることができている。

力の弱い令嬢であるセレナが戦いの中で生き残る為に見つけた戦闘スタイル。彼女だからこそ教えられたのだろう。力のある騎士ではしない戦い方だ。

足元に視線を向ける。重心がどこに傾いているかで攻撃がどこから来るか分かる。

「大したことないな」

「何だとっ」

きっとセレナは私を使ってイスマイールのプライドを公の場でズタズタにすることで、彼から余裕をなくさせ、貶めやすくするつもりだ。

彼女の計画を潰させない為にも遠慮はしない。徹底的に挑発してやる。

「子爵家の人間のくせに随分と偉そうだったからそれなりに強いのかと思ったら、新人騎士に毛が生えた程度。父上が優秀な騎士を雇ってあなたに教育を施していたらしいけど、所詮は子爵家。優秀の程度が低過ぎて話にならないな」

イスマイールの攻撃は怒りに合わせて荒くなっていく。もし、ここにセレナがいたら、腹部に蹴りが一発入るだろう。彼女の蹴りは容赦がない。初めてくらった時は死ぬかと思った。

彼女は戦う時は全く身分を気にしないからな。

「偉そうにしていたから期待していたけど、全て虚勢とは思わなかった。これを機に恥の上塗りを止めたらどうだ、イスマイール？　見苦しいだけだ」

「黙れっ、シャガード！　お前など父上に捨てられ、母親にも捨てられた、王家の不要なもののくせに」

リエンブールにいた頃は侮蔑の眼差しを向けられ、人目がないところでは虐《しいた》げられることが当たり前だった。

母上に捨てられた私にとって唯一の後見人である陛下のことも、完全に信用することはできなかった。いつ失望され、気が変わって捨てられるだろうか。その可能性が常に頭にあった。

だからイスマイールやアイーシャが不敬を働いてきても言えなかった。

知られたくなかった。何もできない自分が情けなくて、そんな自分を知られて落胆させたくはなかった。嫌われたくはなかった。唯一の家族だから。

でも会話とは呼べなくても、イスマイールとこうやって言葉を交わすようになって、俯瞰《ふかん》的に彼を見ることができるようになって分かった。

「イスマイール、君は父上に愛されていることしか誇ることができないんだね」

王家の血を引いていても誰にも認められず、それを誇ったところで嘲笑されるだけだ。

だから彼は言うのだろう。

『王家の血を引いている父親に愛されているのは自分だ』と。

父親の愛情に縋るしかない弱者。

きっとこの国に来なければ、セレナに出会わなければ気付けなかった。

同情する。彼らも被害者なのだ。

ただ大人の勝手な事情に振り回される、私と何一つ変わらない。それでも手加減はしない。

彼らが私の命を狙うから。私の地位を狙うから。私を貶めようと虎視眈々と狙うから。

私に何かあった場合、陛下に何かがあった場合、王家の血を濃く継ぐものは王位継承権を剥奪された父ラヒーム、そしてその血を継ぐイスマイールだという事実がある限り、共存はあり得ない。

たとえイスマイールが心を入れ替えたとしても、もう二度と私と敵対しないと誓約したとしても今までの言動が、行いがそれらの意味を失くす。信用できないのだ。

だから排除するしかない。自分の安全を確保する為に。何よりもここまで協力してくれたセレナに報いたい。

私が躊躇ったことで彼女を窮地に追いやるような状況は作りたくない。恩には報いるべきだろう。失望、されたくもないしな。

イスマイール、君に私にとってのセレナのような人がいたら、君の両親がまともであれば、君の周囲にいる人が、君を取り巻く環境がまともであれば、君の人生がここまで狂わされることはなかっただろう。私達が殺し合う必要もなかっただろう。

同情するよ。だが手加減はしない。君を徹底的に潰す。


「っ」

私はイスマイールの剣を弾き、彼に足払いをかけて転ばせる。そして彼の喉元に剣先を突きつけた。これが大会でなければ、衆人の目がなければ殺していたという意味を込めて最後の一手には殺気を乗せた。

イスマイールは顔を青くさせていたが、私を睨みつける目には消えることのない憎しみが込められていた。

「格下と思っていた相手に負かされる気分はどんなものだい？」

私はイスマイールに笑みを向けた。彼が普段私に見せている笑みを真似たので嘲笑になっていると思う。

「どれ程誇らしい血筋を持っていても、君は私の相手にはならないよ。私は王族で君は子爵令息だ。努力は認めるけどね、格が違うんだよ」

†††

勝負、あったな。まぁ、当然の結果か。

「決勝戦までいきそうだね、彼」

隣で見ていたエヴァンもシャガードの実力に注目している。

アイーシャのほうはどうだろう？

彼女の席はあらかじめ確認しておいたので、すぐに見つけられた。

イスマイールの負けに驚き、そして焦りの色が見える。

留学してから二人に目覚ましい成果はない。

交流できたのは下級貴族ばかり。下級貴族では彼女達の盾にはならない。

エヴァンを魅了することもできていない。何一つ上手くいっていなければ焦るのは当然。そろそろ何かやらかしてくれそうだな。

「さて、では俺もそろそろ行くよ」

「試合か？」

「ああ」

「エヴァン殿下、頑張ってくださいね」

「ありがとう、ジョルダン伯爵令嬢」

先程見たエヴァンの実力なら、決勝まで問題なく勝ち抜くだろう。シャガードとどんな戦い方をするのか楽しみだな。

†††

side：イスマイール

「どれ程誇らしい血筋を持っていても君は私の相手にはならないよ。私は王族で君は子爵令息だ。努力は認めるけどね、格が違うんだよ」

ふざけるな。

「勝者、シャガード・リエンブール殿下」

ふざけるな。

「格が違うだと！」

ふざけるな。

「格下のくせに、捨て子のくせに！」

それなのに遠ざかっていく背中が自分は王族なのだと語る。俺とは違うのだと。

『イスマイール、誰がなんと言おうとあなたが王太子に、この国の王になるのです。あなたこそが相応しい』

爪が食い込む程の力で俺の両腕を掴んで、血走った目に俺を映して母上はよくそう言っていた。俺に言い聞かせているようでまるで自分に言い聞かせているようだった。

母上は正妃であるシャハルナーズを追い落として父上と結ばれた。だから俺とアイーシャは不義の子として、どこに行っても嘲笑の的だった。

力さえあれば、シャガードさえいなければ、お祖父様さえ父上と母上の婚姻を正式なものとして認めてくだされば、俺達がこんな惨めな思いをしなくて済むんだ。

アイツさえいなければ。

奥歯を噛み締めながら俺は退場した。

「お兄様、どうしてあんな奴に負けたのよっ！」

駆け寄ってきたアイーシャは真っ直ぐな怒りをぶつけてきたけど、俺の耳には何も入らなかった。

「ちょっと、聞いているのっ!? 無視しないで、ちゃんと答えなさいよっ！」

†　†　†

退場していくイスマイールの目には憎悪が宿っていた。奥歯を噛み締めているあたり、シャガードに負けたのはかなりの屈辱だったのだろう。

シャガードには何も言っていないけど、私の意図を察して上手く煽《あお》ってくれたようだ。イスマイールが思ったよりも単純で良かった。

後はイスマイールがどんな行動に出るかね。そこの情報収集はリック達に任せよう。

ただ、どんな行動に出るにしても、動きやすいように補助ぐらいはしてあげないとね。

「舞台を整えてあげる、イスマイール・アラバン」

あなたが望む物は与えましょう、人でも武器でも。

舞台を整えよう。あなたが踊るに相応しい舞台を。

だけど、そこまでよ。そこからはイスマイール、あなたが一人で行うの。

シャガードを殺したいと望むのなら、彼の地位を望むのなら、彼を殺すのはあなたよ。あなたの意志が彼を殺す。

「シャガード、ここからが正念場よ」

イスマイールに同情しているみたいだけど、ここで手心を加えるようなら私はあなたを切り捨てる。反抗を許す人間は要らない。自分の手を汚したくない、責任を負いたくない、罪を背負いたくない。だから許す。それは責任の放棄だ。自分の役割もこなせない無能にこれ以上かける労力はない。

「失望させるなよ、シャガード」

†††

side.エヴァン

順調に勝ち進み、無事に決勝戦まで上り詰めた。相手は案の定、シャガード。

彼がセレナに特訓を受けていると父が言っていたから、その成果だろう。

国の暗部であり情報収集に長けている父の腹心のほうが、セレナのことを俺よりも知っているのは腹立たしいが、今は目の前のシャガードに集中だ。

「短期間で随分、変わったね」

「良い師に出会えましたので」

セレナ、君って本当に魔性の女だよね。君にならば騙されても良いと思ってしまう時点で俺も人のことは言えないけど。

「アストラに来たことが君にとって有益だったようで、友好国の王族としてとても嬉しく思うよ」

セレナはアストラに益をもたらす存在だから、いずれ国に帰る君には渡せないという牽制は届いているはずなのに、シャガードは表情を変えない。

感情を殺すのはお手のものということか。

「はい。本当に素晴らしい方に出会えました。強く、凛々しく、そして何者にも縛られないその姿勢を、私は好ましく思います」

『何者にも縛られない』。選ぶのはあくまで彼女だと言いたいのか。

セレナにはそろそろ自分の魅力を自覚してもらわないと困るな。これ以上、倍率は上げたくない。少人数の今でさえ命懸けのミッションをこなすようなものなんだから。

「試合、開始」

審判の号令と同時に走り出し、シャガードに仕掛ける。腹立たしいことにシャガードは余裕で受け止める。

最初は様子見。単調な攻撃を繰り返してみる。大会中に彼の試合を観戦した限りでは、かなりの実力者。どの相手も攻撃を読まれていたことを考えると、騎士に習った戦い方だけでは勝てないことは明白。

「受けてばかりではなく、仕掛けてみたらどうだ？　これではすぐに決着がついてしまうぞ」

「……」

挑発にも乗ってこない。常に冷静。こちらの様子を観察しているだけではない。相手の重心がどこにあるのかを確認している。セレナがこの短期間で徹底的に教え込んだのだろう。並大抵の努力では獲得できない技だ。

戦いの最中はどうしても相手の攻撃に気がいく。たとえ実戦でなくても、命が奪われることがないと分かっていても、動物的な本能が攻撃に神経を尖らせる。シャガードはその本能を理性で抑えているのだ。

大した奴だ。そして、それを教えられるセレナはやはり常人とは程遠い。

彼女の秘密にもっと踏み込みたいけれど、それをするともう二度と彼女は心を開いてはくれないだろうな。

「考え事ですか？　余裕ですね」

今度はシャガードのほうから仕掛けてきた。

攻撃自体に重さはない。筋力だけは訓練してすぐに成果が出るものではない。さすがのセレナでもどうにもできなかったのだろう。

ましてやシャガードは王の目が行き届かないのをいいことに、周囲の者から虐待を受けていたらしい。食事を抜かれることも多かったのだろう、同年代の子息達に比べると小柄に見えてしまう。

「それは君のほうじゃないかな？　短期間で随分と変わった。正直、ここまで来れるとは思っていなかったよ」

「女性の期待に応えるのが紳士というものですから」

剣筋が変わった。下から来る。

「よく防ぎましたね」

今のはわざとだ。セレナ仕込みなら剣筋の変化があんなに分かりやすいわけがない。

俺を試したのか。言葉を使わない挑発か。ただの無気力な羊が、捕食する側の獣に化けやががった。セレナ、君は良くも悪くも人に影響を及ぼす。

「君こそ、短期間でよくここまで成長したものだ。これなら遠慮はいらないな。勝ちに行かせてもらう」

「っ」

剣にかける重さを変える。体重が軽いシャガードは足を踏ん張り、必死に耐える。が、足りない筋力を根性で補うことはできない。力で押し通し、シャガードが体勢を崩したところへ間髪入れずに攻撃を繰り出せば、彼の手から剣が離れるのは当然だった。

「勝者、エヴァン殿下」

「良い試合だった」

「次こそ勝ちます」

互いの健闘を讃えて試合は終了。

剣術大会の結果は、俺が一位、シャガードが二位となった。

十、たまには優雅な？一日もある

貴族として生きている以上は貴族らしい生活を送るのも大事だ。いつもいつも人を殺したり、痛めつけたりするわけにはいかない。

そして今日は貴族として優雅に生活する日だ。学校は休みだ。だから、煩わしい連中にイラつくことも殺意を抱くこともない。と、思っていたけど。

「セレナちゃん、学校はどう？　楽しい？」

家には家で面倒な人がいるのを忘れていた。

「お友達はできた？」

なぜ私はこの人とお茶を飲んでいるのだろう。出そうになる溜息をお茶と一緒に飲み込む。

「ローズマリーちゃんがいなくなって、セレナちゃんも寂しい思いをしていたら、と心配していたのよ」

このおっとりした人が私の母、アマリリスだ。善人中の善人と言えば聞こえはいいけど要はただの世間知らずの能天気馬鹿だ。

セレナ・ヴァイオレットとして生きる以上は母との関係も良好にしなければいけないので、

こうして仕方がなくお茶にも付き合っている。

「セレナちゃんって家にお友達を全然呼ばないから、クラスで浮いてるんじゃないかって心配なの。イジメとかにあっていない？」

あうわけないだろう。そんな奴がいたら殺してる。

「問題ありません」

「そう？　ならいいんだけど。そうだっ！　外国からの留学生がいるのよね。セレナちゃんがお世話を任されたって聞いたんだけど、仲良くできそう？」

無理。

「それなりに良好な関係を築いています」

「せっかくだから家に呼んだらどう？」

絶対に嫌。

「あちらもやることが多く、いつも忙しくしているようです」

媚を売ったり、顔を売ったりするのに忙しそうだからね。商人でもないのに、売るものが多くて大変ね。

「あら、そうなの。せっかくお友達になれたのに残念ね」

私は一度も友人だと言ってはいないし、友人として紹介したことはないけどね。

アマリリスは一緒の空間にいる人間はみんな仲良しだとでも思っているのだろうか。

同じ空間にいる奴、同じ釜の飯を食った奴、苦楽を共にした奴。前世の私は、そいつら全員を殺した。

「仕方がありませんわ。向こうは目的あっての留学ですもの。遊んでばかりいられません」

あなたよりかは世間の厳しさを知っている連中だ。今、必死に足掻いているところだろう。特にイスマイールは剣術大会でシャガードにプライドをズタズタにされたからね。

さて、どう出るだろうか。イスマイールが片付いたら次はアイーシャね。

「どんな子達なの？」

どんな……殺したくなるぐらい面倒で煩わしい相手とは言えないな。さて、なんと答えるのが良いか。

「……可愛らしい子達ですよ」

見た目は悪くないからこれで良いだろう。他に答えようがない。

「まぁ、そうなのね」

こんな雑な答えでもアマリリスは嬉しそうに微笑む。何がそんなに嬉しいんだか。

アマリリスは私のことを苦手として距離を置いていたはずだ。修道院送りになった義妹のローズマリーのことを反省して、子供にもう少し寄り添うべきだったと思って私をお茶に誘ったのだろうけど、私的には今までの関係で問題はない。寧ろ、そちらを推奨する。ローズマリーがいなくなったことで私が寂しがっているとか、頭に蛆《うじ》でも湧いているんじゃないか。

「セレナちゃん、今日は学校お休みだけどこの後何か予定とかはあるの？」

「いえ、特には」

「そう。それなら、たまにはお買い物なんてどうかしら？」

「お母様とですか？」

「ええ。ローズマリーちゃんとはよくしたけど、セレナちゃんとはあまりないでしょう。それにセレナちゃんってあまりお買い物しないでしょう。たまにはどうかな？」

必要最低限の物があれば良いって考えだから物は増えないのよね。

自分が死んだ後のことを考えると、物は少ないほうがいい。遺品整理って結構大変だし。

どうしてそんなことを知っているかと言うと、前世で同僚が死ぬとたまに遺品整理を上から命令されてしていたからだ。

基本的には私と同じで物が少ないので楽なのだが、稀に妙な収集癖を持っている奴がいた。何か執着するものが欲しくて、様々な物を集めるのだ。そういう奴が死んだ時の遺品整理はとても大変だ。

「行きましょうよ、セレナちゃん」

面倒だけど、母親であるアマリリスとの関係を良好に見せるには必要なパフォーマンスか。

「分かりました」

必要なものは侍女のマリンが選んで買ってくるので、武器以外の物は自分で選んで買ったことがないかも。こだわりがあるわけでもないし。

「これ、可愛いわ。セレナちゃんに似合うんじゃないかしら」

目的の場所まで馬車で移動するのかと思ったけど、アマリリスは適当な場所で降りてから、気になる店にちょこちょこ入っては何かいい物がないか見て回っていた。

貴族というよりも平民の買い物だ。それとも貴族の女性も平民の女性と同じ買い物の仕方をすることがあるのだろうか。

まだまだ私は貴族というものを分かっていないな。

「あら、いいじゃない」

アマリリスは宝石のついたネックレスを私に当てて似合うかどうか見る。私も鏡に映る自分を見る。ネックレスが似合っているかどうかは分からない。興味がないから。

可愛いという感覚も分からない。何かを可愛いと思って生きたことがなかったから。でもアマリリスがそう言うのであれば可愛いのだろう。

「そうですね、とても可愛いです」

「でしょう」

嬉しそうに微笑むアマリリスを見て、私はこれが正解の反応だと学ぶ。

アマリリスは他にも良いものがないか店先に出ているものを見る。その横を少年が一人走り抜けて行った。

「セレナちゃん、どうかしたの？」

「所用を思い出しました。すぐに戻るので店内で待ってもらえますか？」

「ええ、大丈夫よ」

「ティグル、お母様についていてくれる？」

「お一人で大丈夫ですか？」

「ええ、問題ないわ」

「分かりました。お気をつけください」

「ええ」

ティグルをアマリリスの護衛として残して私は先程の少年を追った。

少年は大通りを走っていた。人と人の間を縫うように駆けるところを見るに、随分と手慣れているようだ。

人通りの多いところを使って逃げるのは追ってくるかどうかも分からない相手を撒く為。

少年は暫《しばら》く大通りを走った後、横道に外れた。

人の気配がある大通りとは違い、建物の影で薄暗くなるそこはたった一歩踏み込んだだけで別世界へと変わる。

私にとっては前世で慣れ親しんだ世界。けれど、大通りを歩く多くの人間にとっては関わることのない世界。

たった一歩。たった一歩、外れただけでどうして世界はこうも変わってしまうのだろう。

少年はアマリリスから盗んだ財布をガラの悪い男に渡していた。その報酬として少年が受け取ったのは銅貨一枚。これではパンを一つ買うのがやっとだ。

でも、子供が大人の男に勝てるわけがなく、理不尽だろうが従うしかないのだろう。この世は弱肉強食。弱者は強者から搾取され続けるしかない。

「あん？　なんだ、姉ちゃん」

そう、この世は弱肉強食。強者が弱者を食らっても許される世界。

「俺達に遊んでほしいのか？　いいぜ、たっぷり可愛がってやるよ」

男は舌なめずりしながら私の腕を摑む。

「遊ぶ？　笑わせる。お前程度では私の遊び相手にすらならない」

「なんだと？」

「お前は弱者だ。弱者はただ強者に食われるのみ」

まず、足払いをする。不意を突かれた男は容易に体勢を崩す。足を上げ、男の後頭部に落とすと男は地面に顔をめり込ませて倒れた。

「て、てめぇっ！　このクソアマが舐めた真似しやがって」

怒号を上げて男達が一斉にかかってくる。

ここは大通りから外れた場所。人気はなく、いたとしてもならず者か孤児。他人に関わろうとする者はいない。だからこそ男も今まで誰にも咎められずに少年から搾取し続けられたのだ。

一人、二人と地面に倒れる数が増えていくと、漸く男達は目の前にいるのが搾取できる弱者ではないことに気付いた。

「ああ、少し甘かったか」

気絶させたと思った男の一人はかろうじて意識を残していた。だが、恐怖から立ち上がることはできず、地面に転がったまま。私から少しでも距離を取ろうと芋虫のように這って逃げる。

先程までの威勢の良さ、己れが強者であるという自信は吹き飛び、そこに転がるのはなんの価値も無くなったただの弱者だった。こうやって立場はいつも簡単に覆る。

その様子を少年はただ見ていた。目の前で起こったことに現実味がなさすぎて反応できていない感じだ。

私が目を向けると少年は身体を強張らせた。次は自分かもしれないと思ったのだろう。

さて、この少年をどうしようか。

私は今日一日、貴族令嬢として優雅に過ごすと決めていた。貴族の令嬢なら、アマリスなら彼をどうするか。その答えは明白。

騒がれても面倒なので私は少年を気絶させた後、アマリリスが支援している孤児院に放り込んでおいた。そして彼が盗んだ財布を取り戻してアマリリスの元に戻る。

「用事は済んだの、セレナちゃん」

「ええ」

気付かれないよう財布をアマリリスのカバンに戻す。

我が母ながら財布を盗まれたことにも気付かないなんて呆れてしまうが、これがアマリリスなのだから仕方あるまい。

私は再び貴族の令嬢としてアマリリスが満足するまで買い物に付き合った。

十一、太陽に近づきすぎた英雄は……

side.イスマイール

くそっ、くそっ。くそっ。何一つ上手く行かない。王族として認められる為にはこの国で有力貴族との繋がりを作らなければいけないし、シャガードの無能さを明らかにさせなくてはいけないのに。

「くそっ」

このままでは王族として認められないどころか、リエンブールで俺を馬鹿にした連中を見返すことができなくなる。

「俺は絶対に王族になるんだ」

そして俺を馬鹿にした奴を見返してやる。

「俺のほうが王に相応しい」

シャガードなんかよりも。

「俺のほうが正統性があるはずなんだ」

だって俺のほうが愛されている。

『イスマイール、君は父上に愛されていることしか誇ることができないんだね』

「黙れっ！」

黙れ、黙れ、黙れ、黙れ、黙れぇっ！

「俺が王なんだっ！　俺こそが王に相応しいっ！　アイツじゃない。俺なんだっ！　俺なんだよ、シャガードっ！」

テーブルの上にあった物を怒りのまま払い落とす。ガシャンと床にぶつかり物が壊れるけど俺は気にしなかった。気にする余裕すらなかったのだ。だから気付けなかった。

「お前がいるから悪いんだ、シャガード。俺のせいじゃない。お前のせいだ。お前が全部悪いんだ。悪は排除すべきだ。そうだろう、シャガード」

そう言って笑う俺を天井裏から見ている存在がいることに。

†††

side.リック

イスマイールの元から戻ったシアを膝に乗せて、頭を撫でる。情報収集してきた彼女への褒美に。

「イスマイールが本格的に動き出すな」

彼の両親が雇った暗殺者達のほとんどはセレナが殺した。もしくは彼女が育てているシャガードが。手持ちの暗殺者もそろそろ乏しくなる頃だろう。

「用意をしてやらんとな。シャガードを殺す為の機会を」

舞台はエヴァンが用意するだろう。同じ王族で同性ということでセレナよりもエヴァンのほうが自然にシャガードを誘えるし、人気のないところに誘導することも容易い。

「用意された舞台に、用意された役者か」

イスマイールの境遇を思えば同情の余地はある。哀れだとは思うがこれが王位争いだ。尤もイスマイールに王位継承権はないがな。それでも彼の中に王族の血が流れているのは隠しようもない事実。

だからこそ彼は逃れられない運命を背負うことになったのだろう。

時々思う。王族とは呪われた一族なのではないかと。


少し、感傷に浸りすぎたな。俺はアストラ王国にとっての最善を尽くすだけだ。それが他国や他者にとって最悪の結果になろうとも、その手を緩めることはしない。

俺はアストラの王甥であり、国家の暗部の長だから、謝罪はしない。正当化もしない。ただ、与えられた役割をこなすだけだ。

「イスマイール、暗殺者ではない。お前だ。お前の意思がシャガードを殺すんだ。そして、セレナでもティグルでもない。シャガード、お前だ。お前の意思がイスマイールを殺すんだ。全てはお前達の意思によるものだ」

だからこそお前達はその責任も罪も背負うのだ。

†††

「ピクニックですか？」

「ええ」

学校でエヴァンはシャガードとイスマイール、アイーシャの三人をピクニックに誘っている。

「せっかくだからアストラの自然の美しさを知ってもらいたくて。交流を深めるという意味も込めて、どうだろうか？」

「素晴らしいですわっ！」

まだ身分の高い王族であるシャガードが返答していないにもかかわらず、アイーシャは真っ先に賛同を示した。もちろんエヴァンの腕に抱きつき、自分の胸を彼に押し付けることも忘れず。ちなみに、そのピクニックには私も行くんだけど。

「せっかくアストラまで来たのですもの。私、もっと、もっとエヴァン殿下と仲良くなりたいですわ」

エヴァンはアイーシャから自分の腕を引き抜き、さりげなく一歩下がる。その一歩をアイーシャは詰める。だんだん遠慮がなくなっている。それだけ彼女もイスマイールと同じで余裕がなくなっているのだろう。ならば、エヴァンが立てている計画も上手くはまる。

イスマイールが終われば次はアイーシャか。

「素晴らしいですね、殿下。私も賛成です」

アイーシャに続き、イスマイールも賛成する。自国の王子が賛同するよりも先に。いまだに自分のほうが上だと思っているのだろうか？

それにしてはイスマイールの目がギラギラとしている。以前のような余裕はなく、どことなく焦りが見える。

リックの情報で彼が新たに暗殺者を雇ったことは確認できた。その証拠は既にリックが押さえている。

考え事をしていると視線を感じたので顔を上げた。すると、シャガードと目があった。彼には何も言っていないけど、何か察しているのかもしれない。とりあえず微笑んでおいた。すると、なぜか顔を引き攣らせた。

彼は誤魔化すように咳払いしてエヴァンの提案を受け入れた。

†††

「見てください、セレナ様」

「……」

「白鳥ですっ！」

「あれは白鳥じゃなくて、アヒル」

「ぽっちゃりしていてとても可愛いですね」

「軽くディスってる？」

ピクニックには私達の標的であるイスマイール、イスマイールの標的であるシャガード、そして次回の私達の標的であるアイーシャ他、無関係な令嬢と令息が数人招かれている。

無関係な令嬢と令息を招いたのは単にカモフラージュの為だが、その中にスカラネットがいたのは予想外だ。

『君と友達になれる希少な人材だ。大事にするべきだと思うよ』と訳の分からないことをエヴァンには言われた。

そして現在、私はスカラネットに引きずられるようにして乗せられたボートの上にいる。

岸にはエヴァンと彼を取り巻く令嬢数人がいて、その中には当然アイーシャもいる。

「次期王妃の座はそんなに魅力的なのかしらね」

互いを牽制し合い、誰よりも自分をよく見せようと競い、常にエヴァンのご機嫌を伺う令嬢達は疲れないのだろうか。

少し離れたところにシャガードとイスマイール、そして数人の令息がいる。

計画の為か、イスマイールはいつもの尊大な態度を隠して、シャガードにすら愛想を振り撒いている。

「私は、セレナ様こそ王妃に相応しいと思います」

水面を撫でながら私の視線を辿ってスカラネットが言った。

「唐突ね」

「興味ありませんか？」

「ない」

「エヴァン殿下にも？」

「……」

「あなたがどのような人生を歩んできたのか私は知りません。けれど、これでも伯爵令嬢。分厚い皮を何重にも被った獅子共を相手に牽制し合ってきたもの、人を見る目はあるつもりでしてよ。あなたは貴族令嬢には、そしてあの母君の娘には、到底不釣り合いな程壮絶な過去を背負っているように見えます。それ故でしょうか。時折、とても寂しそうな顔をします」

「私が？」

「ええ。自覚、なかったのですね。とても眩しそうに私達のことを見ている時がありますよ」

前世で暗殺者になる前、裏道からよく大通りを見ていたことがあった。何もかもが煌《きら》びやかで自分とはかけ離れている別世界のような場所。

なぜ？

たった一歩、足を前に出せば自分もその中に入ることができるのに。

なぜ？

一歩を踏み出したところで自分はその場において異質であり、受け入れられることはなかった。同じ国に生まれたにもかかわらず。

親がいない。たったそれだけの違いで私は、私達は裏道で生活する他なかった。弱者は淘汰《とうた》され、当たり前のように死者が転がる場所でその日暮らしをする。安全な場所などなかった。

それは暗殺者になった後も、さして変わらなかった。

暗殺の任務で得た報酬の額を思えば、私が大通りで買い物することは容易かった。でも足が大通りに向くことはなかった。自分とは無縁の場所だったから。

……羨んで、いたのだろうか。

「目の錯覚だろ」

「そうですか」

「それで、どうして私が王妃に相応しいと思う？」

「痛みを知る者は人に優しくできますから。それに、あなたは否定しますが、あの時、あなたの行動は結果として私や他の令嬢を救いました。どのような理由であれ、脅威に立ち向かい剣を握り戦うことのできる人は、大切な者を守る為にも戦えるのではないかと私は思います。だから私はあの時、躊躇いもなく戦うことを選んだあなたに、王妃になって欲しいです。それに興味のない方のほうが信頼できますしね。王妃という権力や立場に溺れないって」

「……私は王妃にはならない」

元暗殺者が王妃とか、あり得ない。いや、貴族令嬢に転生している時点であり得ないけど。今でも窮屈に感じるのに、王妃になれば更なる制約や責任を課せられて、窮屈どころの話じゃないだろう。絶対に嫌だ。

「理由を聞いても？」

「翼を灼かれて、地に落とされそうだから」

暗殺者に太陽は必要ない。綺麗な世界に転生しようとも、どんなに装うことに成功しても根は変わらない。私は暗殺者だ。真っ当な人間にはならないし、なれない。

きっと、いつかボロを出して、裁かれることになるだろう。それは王となったエヴァンか、アストラに住まう民か、或いは両方か。

いつか、必ず断罪の時は来る。

「よく分かりませんが、セレナ様は色々と考えすぎのような気がします。翼を灼かれたのなら、私やエヴァン殿下が捕まえていれば良いと思います。あなたが地面に落下しないように。私とエヴァン殿下の翼まで灼かれてしまったら、その時は仲良く落下しましょう」

スカラネットは無邪気に笑う。能天気なお嬢様だ。

「自殺なら一人でやれ」

「もぉう、セレナ様は冷たいですね」

†　†　†

「シャガード殿下」

ピクニックも終盤に差し掛かった。昼食を終えて、それぞれが思い思いに過ごす中、その時は唐突に訪れた。

「少し話がしたい。今までのことで謝らなければと思って。付き合ってもらえないだろうか？　できたら、二人きりで話したいんだ」

私とエヴァン、そして身を潜めているティグルが注目しているなど夢にも思っていないイスマイールは、シャガードを連れて森の奥へ行く。

「話って何？」

「シャガード、この国に来たのは間違いだったとは思わないか？　この国に来たからお前は思い違いをしてしまったんだ。アストラの王子がお前を同等に扱うから、だからお前は勘違いを

してしまった。自分が彼らと対等に渡り合える王子だと
歪な笑みを浮かべるイスマイールは、とてもではないが正気とは思えなかった。

「私は王子だよ。彼らと対等に渡り合える。それは勘違いではないよ」

「間違いは正さないと」

「イスマイール？」

「そう、正さないといけないんだ。リエンブールの正統な王子は俺だ」

「違う。君は子爵令息だ」

「俺なんだっ！」

もはや、会話が通じる状態ではない。

「この偽物を殺せぇっ！　お前を殺して俺は与えられるはずだった正当な権利を手に入れる。俺は自分の正統性を取り戻す。俺こそが正統な王族なんだっ！」

シャガードの周囲をイスマイールが用意した暗殺者が取り囲む。リックから事前に暗殺者が送り込まれるという情報は聞いていたが……。

「こんなにいるとは。リックの奴、こっちに任せすぎだろ」

木の上から成り行きを見守っていた私とティグルは、シャガードの前に降り立つ。

「セレナっ！　ティグルっ！」

「……どうして、ヴァイオレット公爵令嬢が」

「全て用意された舞台だからだ、イスマイール・アラバン」

「用意された舞台……ハハッ、ハハハハハハハハハ」

イスマイールは腹を抱えて狂ったように笑い出した。涙が出るまで笑い、満足した後は憎悪と狂気を宿した目でシャガードを見る。

「いつもそうだな。いつも守られるのはお前だった。認められるのも、愛されるのも、いつだってお前だった。お前ばかり、どうしてぇっ！」

「何を言っている？　お前こそ、父に、母に、愛されているだろ」

まるで自分は愛されていないと捉えられるような言葉に、シャガードが疑問を抱くのは当然だった。リエンブールの者達の言葉を借りるのなら、政略により生まれたシャガードと違ってイスマイールとアイーシャは真実の愛とやらにより生まれた存在だ。

両親の愛情を一身に受けて育ったと聞いている。

「愛、か。ハッ。本当にそんなものが存在すると思っているのか、シャガード。相変わらずおめでたい頭だな。ムカつく。王子になれない俺には価値がない。無価値な存在を父上も母上も愛し続けてはくれない。だから俺は自分の価値を証明し続ける」

「いつまで？」

私の質問にイスマイールは苦しそうに笑い「死ぬまで」と答えた。

「そう。まるで地獄ね」

「ああ、そうだな」

イスマイールは生き方を変える気はない。だから二人、共存はできない。取るべき行動は一つ。さぁ、シャガード、どうする？　選択の時だ。お前の器を示せ。

「殺せ」というイスマイールの言葉に従って暗殺者達が本格的に動き出した。

私は手に持ったダガーで暗殺者の喉を突き、その血を浴びながら次の敵に狙いを定める。その瞬間、自分が貴族の令嬢ということを忘れて、ただの暗殺者に戻る感覚がする。

ティグルの背中と私の背中がぶつかる。その近くにはシャガードがいる。三人とも血まみれだ。

「へばっているのか、シャガード」

「いいえ。師匠の教えが良かったので、まだ余力はあります」

「それは何より。ティグル、問題は？」

「ありません」

人数は圧倒的不利、勝っているのは戦力だけ。

「なんで、ただの公爵令嬢がこんなに戦えるっ！　聞いてないぞっ！」

狩猟祭の一件は有名だと思っていたけど、知らないのか？　或いは信じていなかったのか。

相手をよく知りもしないのに侮るべきではないだろう。

「セレナ様っ！」

ダガーが弾かれて、地面に落ちる。

ティグルは慌てているようだけど問題はない。

「雑魚ばかりではないようだ」

私は簪を頭から引き抜き、敵の目に突き刺す。敵が体勢を崩し、怯んでいる間に落下したダガーを蹴り飛ばして自分の手へ戻す。後はいつも通り、敵の頸動脈を切るだけだ。

「こういう時の為にお前が私にくれたんだろ？」

簪を弄びながら視線を向けるとティグルは安堵していた。

「さて、大方片付いたようだな」

残るはイスマイールのみ。

「イスマイール」

シャガードは暗殺者の血で汚れた剣をイスマイールに向ける。

イスマイールの顔は青ざめ、体を震わせていたけど無様に泣き叫ぶことも助けを乞うこともしなかった。それが彼に残った矜持《きょうじ》なのだろう。

「これで勝ったと思うなよ、シャガード。俺だけじゃない、お前を狙う者を殺し続けて、血に染まった玉座につくかもしれない。お前は自分を狙う者を殺し続けて、血に染まった玉座につくかもしれない。だが血まみれの王はいつか斃《たお》されるぞ。俺じゃなくても、他の誰かが、必ずそうする」

「その時、我が身を守る盾がなければ、私もまたその程度の人間だったということだ」

シャガードの剣がイスマイールの首を切り落とした。王族の命を狙った者はその場にいる王族の判断で処断しても問題ない。法律でそう定められている。

イスマイールは生きている限り、シャガードを脅かし続けただろう。彼がそれ以外の生き方を見つけられなかったから。私が前世、暗殺者としての生き方以外見つけられなかったように。

「終わったようだな」

証人として全てを見守っていたエヴァンが姿を現した。

彼の指示でイスマイールの死体は回収された。事情を知らない貴族の子息令嬢達には体調を崩して帰った旨が知らされ、イスマイールの死も今回の計画も全て隠されるだろう。

この件をどう処理するか、ここからはエヴァンの仕事となる。

「太陽に近づきすぎた英雄は蝋で固めた翼を灼かれて地に落とされる」

そうと分かっていても、イスマイール、お前は太陽に近づきたかったのか。シャガードという太陽か、王という太陽か。

「くだらない。戻ろう、ティグル」

「はい」

私は視界の隅からイスマイールの死体を追い出した。やるべきことはまだ残っている。ここで死んだ弱者に興味などない。

十二、彼女の選んだ道

side .アイーシャ

「どういうことよっ！　もっとちゃんと調べなさいよっ！」

お兄様が私になんの連絡もなく帰るなんてあり得ない。しかも、こんな重要な時期に。ここでの成功で私達の立場が決まるのに。

「昨日までなんともなかったのよ。それなのに、急に帰国しなくてはならない程体調を崩すなんておかしいじゃない」

私はお兄様から頂いたラピスラズリの指輪に触れる。そうすることで心の中に蠢《うごめ》く不安を打ち消そうとしていた。

「そう言われましても、私どもは命令された通りの言伝しか存じ上げません」

兄が体調を崩して、リエンブールに帰ったと伝えに来た侍女を睨みつける。侍女のくせに太々しい態度が気に入らない。私が王家の婚外子だからって見下してるんだわ。

気に入らない。何もかもが気に入らないのよっ！

「こんなの陰謀よ……陰謀？　まさか……」

「お嬢様っ！」

私は侍女の制止を無視してシャガードの元に走る。そうよ、あの男よ。あの男しかあり得ない。

「シャガードっ！　お兄様に何をしたのよっ！　昨日まで元気だったお兄様が急に体調を崩すなんておかしいでしょ。あんたが何かしない限りは」

お兄様に何かした後だっていうのに優雅にお茶を楽しむなんて、シャガードったらどんな神経しているのよ。

「慣れない異国で体調を崩すのは珍しいことではないよ。余計なことに気を散らしていれば尚更だ」

「白々しい。お兄様に何かしたら、お父様達が黙ってないんだからっ」

怒る私をシャガードは鼻で笑った。

「あの人達に何ができるの？　子爵令嬢でありながら許可もなく私の部屋に入り、私の名前を呼び捨てにする不敬を私が罰した時、彼らが君を守ってくれると？」

「当然でしょ。私はあんたと違って愛されてるんだから」

「イスマイールのほうは現実が見えていたが、こっちは敢えて見えないようにしているのか」

「何をブツブツ言っているのよ」

「別に。どう思おうが君の勝手だ。勝手に期待すればいい。愛が全てを解決してくれると」

「っ」

笑みなんか浮かべちゃって。ちょっと前までお兄様に怯えているだけの、何もできない奴だったじゃない。

シャガードに何ができるというのよ。唯一の後ろ盾であるお祖父様だって、いつかは老いて死んでいくわ。お祖父様を失えば、お父様が王になるのは必然。

だって、王家の血が入っているかも怪しいシャガードと違って、お父様は王の息子なんだもの。そうなれば、シャガードなんかすぐに城から追い出してやるんだから。

いいえ、そこまで待つ必要はない。私がエヴァン殿下と恋仲になれば、私はアストラの次期王妃。アストラの力を持ってこの傲岸不遜《ごうがんふそん》な男を追い出してやる。

こんな奴の相手を今する必要はないわね。エヴァン殿下を探して、誘惑しなくては。

私はシャガードの部屋から出て、エヴァン殿下を探した。

「どこにいるのかしら?」

「まぁ、見て。エヴァン殿下とヴァイオレット公爵令嬢よ」

窓の外を見ながら洗濯籠を持った使用人が頬を染めてはしゃいでいる。

「お二人とも美しいから絵になるわね」

何が美しいよ。普通じゃない。私のほうが美しいわ。流れている血だってあの女よりも高貴なのよ。

「エヴァン殿下はまだご婚約者を決めてらっしゃらないけれど、やっぱりヴァイオレット公爵令嬢にするのかしら？」

「今のところ、公爵令嬢と一番仲がよろしいものね」

冗談でしょう。こいつら、馬鹿じゃないの。この国の次期王妃は私よ。なんなのよ。あんな女狐のどこが良いのよ。ただ公爵令嬢ってだけでしょう。

「そうね。でも、ここ最近のアラバン子爵令嬢の猛アタックも凄いわね」

そうよ。あの女と違って私は努力をしているのよ。努力もしたことがない地位だけの女よりも、私のほうがエヴァン殿下に相応しいわ。

「でも、所詮は子爵令嬢でしょう」

はぁ!? 使用人風情が私のことを鼻で笑って許されると思っているの。

「あら、でも一応は王族の血が流れてるんでしょう」

「でも正式に認められていないじゃない。婚外子なんて論外でしょ。それに礼儀作法や学はヴァイオレット公爵令嬢の足元にも及ばないわ」

「確かに。あんなの威張り散らしているだけの下品な平民と同じよ」

どうして、ここまで言われなければならないのよ。

「でも、もしアイーシャ様がクリスタルを手に入れたらどうなるのかしら？」

クリスタル？　何、それ？

「王妃様だけが身につけられる装飾品よね。あれを身につけられた者はどのような地位の者でも王妃になれるって噂の」

「そう、そう。噂ではクリスタルって魔法石らしいのよ。それで、この国の王妃に相応しいか選別するんでしょう？　だからクリスタルに選ばれたら地位とか関係なくなるとか」

「王妃様の部屋にあるのよね」

それがあれば誰でも王妃になれる？　エヴァン殿下を誘惑なんてまどろっこしいことをしなくても私が王妃に？

そうすればお兄様の後ろ盾になれる。お兄様が王になれるように支援して、私達を馬鹿にした者を見返せる。それに、もし今、お兄様が窮地に陥っているのであれば私がクリスタルを手にすることで助けられる。

お兄様を助ける為にはクリスタルが必要ね。待っていて、お兄様。すぐに助けに行くから。

私はクリスタルを手にする為に王妃の部屋を目指した。

王宮の中でも王族のプライベートルームは一番奥にあり、警備も厳重とされる。だから私は人目を気にしながら慎重に進んだ。


「なんだ、楽勝じゃん」

王妃様ってもしかして大事にされていない？　シャガードの母親もお父様に愛されることなく王宮を出ていったから王妃ってそんなものなのかな。

まぁ、私程の美人なら話は変わってくるでしょうけど。

「部屋が多すぎてどれが王妃の部屋か分からないじゃない。どうして王宮って無駄に部屋が多いのかしら。仕方がないわね。片っ端から開けるしかないわね」

それにしても本当に人気がないわね。ここまで誰にも会わずに来られるなんて、なんかおかしい？　いいえ、ここまで来て後戻りとかないわね。

お兄様の現状が分からない以上、無駄に時間を浪費できない。もう、進むしかないのよ。

「お兄様が失敗した以上は私がなんとかしなくては。全く、何があったのか分からないけど、帰ったらお兄様を説教しないと。そして私がどれだけ苦労をしたのか教えてあげないとね……

あら、なんかそれっぽい部屋があるわね」

扉を開けてみるとそこは、リエンブールの私とお兄様の部屋を合わせたよりも、ずっと広い部屋だった。家具も高級そうだし、品がある。

ここで間違いないわね。何よりも、大事そうにガラスケースにしまってあるネックレス。あれがきっとクリスタルね。さっきの使用人が言っていた特徴と似ているし、間違いない。

「クリスタルに選ばれた者が王妃」

生唾を飲む。期待と不安が私の中で戦っている。

「選ばれない者が触ったらどうなるのかしら？　いいえ、そんな弱気でどうするの。私は絶対に選ばれるわ。私こそがアストラの次期王妃よ」

そしてアストラの後ろ盾を得て、帰るの。

私は覚悟を決めてクリスタルを取り、首にかけた。

「……何も起きない」

クリスタルは簡単に首にかけられた。それは、つまり……。それって、だから、そういうことよね？

「私がアストラの次期王妃」

私こそがっ！

「その盗人を捕えろっ！」

「えっ」

エヴァン殿下の声と同時に入ってきた衛兵により私は取り押さえられ、床に押さえつけられた。

「何をするの、放してっ！　こんなことをしても良いと思っているの？　私はアストラの王妃になる女よ」

全員、不敬罪で斬首にしてやる。

「お前はただの盗人だ。お前がアストラの王妃になることはあり得ない」

「でも、クリスタルは」

「これは王妃選別に使うものではない。現アストラ国王が王妃に婚姻の証として贈ったものに過ぎない」

「……嘘」

どういうこと？

「事実だ。クリスタルの部分は魔法石ではあるが、これの効果は全ての毒を無効化にするもので、王妃を選ぶなんて効果はない。大体、国母を石っころに選ばせるわけないだろ」

「でも、使用人達が噂を」

「ああ、あれは嘘だから」

「……う、そ？」

えっ、じゃあ、私はどうなるの？　お兄様はどうなるの？　誰がお兄様を助けるの？　お兄様は私の助けを待っているかもしれないのに。

どうしよう？　どうしたらいい？　どうしたら現状を打開できるの？

「おかしいと思わなかったのか？　本来なら警備が厳重な王宮の奥に、こうも易々《やすやす》と入れるなど」

全部、罠だった。

「どうして、こんな酷いことを」

「アラバン子爵令嬢、選択をしたのはあなただ。あなたにはここへ来ないという選択肢もあった。でも、あなたは来た。この結末はあなたが選択した結果だ。この件は早急に貴国へ抗議させてもらう。自国にて沙汰を待て。連れて行け」

「このままでは済まないわ。絶対に。国に戻ってお父様とお母様のほうから抗議させるんだから。私だって王族の血を引いているのよ。そんな私を騙して、罪人扱いにしてただで済ませるわけないじゃない」

そうよ。このままでは終わらせない。お兄様だけでもなんとか救わなければ。

私は牢獄に入れられた。もしかしたらお兄様がいるかもと思ったけどそこにはいなかった。

「……お兄様はどこにいるの？」

まさか、死んだなんて言わないわよね。そんなはずがない。お兄様は絶対に生きているわ。どこかで私の助けを待っているはず。

「弱気になってはダメよ、アイーシャ。私がお兄様を助けるんだから。私しか、お兄様を助けられない」

そうと決まればやることは一つ。脱獄。看守は一人、男。鍵は腰に下げているあれね。

私は胸元をはだけさせ、地面に腰を下ろす。その時にドレスの裾を上げて、太腿《ふともも》が見えるようにする。

「ねぇ、看守さん」

「あ？」

面倒くさそうに振り返った看守だったけど、私の姿を見て顔を真っ赤にした。ちょろいわね。

「私、今ね、とても暇なの。ねぇ、看守さん。私の相手をしてくださらない？」

首を横に傾けて薄く笑うと看守はごくりと生唾を飲んだ。

「ねっ、良いでしょう？　少しだけでいいの」

「し、仕方ねぇなぁ」

鼻の下を伸ばし、下卑た笑いをしながら自ら牢獄の中に入ってきた看守の首に手を回して胸を押し付ける。そして、看守の首を爪で引っ掻く。

嬉しそうに私の胸を揉んでいた看守はそれだけで口から泡を吹いて死んだ。

「女だからって丸腰とは限らないのよ」

「爪に毒ですか？　なるほど、セレナ様の言うとおり、得難い人材のようですね」

「誰っ！」

私と看守しかいなかったはずの牢獄に第三者の声がした。

目を凝らして辺りを見渡すけど何も見えない。

でも、絶対に空耳なんかじゃない。確かに女の声がした。

「初めまして、アイーシャ・アラバン様。私はシアと申します。あなたを招待するように言われて来ました」

「招待ですって？」

真っ白な髪に赤い目。感情を見せない女は、無機質な陶器を相手にしているようでセレナとはまた違った不気味さを宿していた。

「断るわ」

「いいえ、あなたに拒否権はありません」

「っ」

シアと名乗った女は目にも止まらない速さで私の前に移動し、腹部に拳をめり込ませた。

「こ、の、クソ、女」

意識が暗転し、次に目覚めた時は牢獄ではない、どこかの一室だった。

「おっ、目覚めたか？」

「……誰よ、あんた」

あのまま気を失い、攫《さら》われたようだ。最悪。

お兄様を助けるどころではなくなった。こいつらの目的を探って、なんとかこの窮地を逃れる……いいえ、こいつらを利用してお兄様を助けられないかしら？

「初めまして、アラバン子爵令嬢。俺の名前はリック・オズヴァルト」

「？」

「名前を聞いただけでは分からないか？　まぁ、あんたは王族の血を引いているとはいえただの子爵令嬢。無理もないか」

侮辱とも取れる言葉だけど、リックと名乗った男はただ事実を口にしているだけで私を馬鹿にしているわけでも侮辱をしているわけでもない。それは彼の目を見れば分かる。今まで私達を馬鹿にしてきた奴らとは違うもの。

「アストラ王国国王の甥で、闇ギルドのボスだ」

「……私を、殺すの？」

お父様から聞いたことがある。国には代々、暗部と呼ばれる国王直轄の組織があり、国の為、王の為に血生臭いことを処理する連中がいると。国によっては王族の者がそこの長に就くところもあるって。まさかアストラがそうだったとは。

逃げられない。こいつは本物だ。隣にいるシアって女だけでも私には無理だ。きっと殺されたことにも気付けないまま殺されることになる。

どうする？　どうすればいい？

……助けて、お兄様。

「シア」

「はい。こちらを」

リックの命令でシアは私に小箱を渡してきた。

「何よ、これで自決でもしろと？」

「中を見てみろ」

どうせ、入っているのは毒瓶だろ。

王族はこういう時、毒を自ら煽って自決することもあるって本に書いてあった。誇りを守る為だって講師は言っていたけど、正直馬鹿じゃないのって思った。命よりも誇りが大事なんて私には理解できなかったから。

毒瓶だって思って開けた箱の中に入っていたのは、ラピスラズリのピアス。私の指輪とお揃いのもの。一つのラピスラズリを二つに割って作った。だから、見間違うはずがない。これは間違いなく、お兄様のピアス。

「……お、兄様」

「っ。何を、何をしたっ！　お兄様を、どうしたのっ！　殺したの？」

シアを押し除けてリックの胸ぐらを摑む。予想していたのだろう。リックは慌てることも、驚くこともせずに私を見つめる。とても冷たい目で、見続けると私の心まで凍ってしまいそうだった。

「お前の兄はシャガードとの決闘に敗れて死んだ。お前達は幾度もシャガードを貶め、その命を奪おうとしていた。ならば、殺されるのも、奪われるのも覚悟の上だったはずだが？　憤る資格なんて、お前には、お前達にはないだろう」

「黙れっ！　お前に、お前に何が分かるっ！　何も知らないくせに」

誰に後ろ指を差されることもなく生まれ、育ち、生きてきたお前には分からない。

「不幸は人を殺してもいい大義名分にも、貶めることへの正当性にもならない。同情はするさ。ただ生まれてきただけの存在でしかなかったお前達が背負うことになった運命に。その身に宿してしまった王家という呪われた血に。理解はしているさ。まだガキで、親の命令に背ける程の力がないお前達に選択権などなかったことも。だが、これが世界の実情だ」

感情の籠らない、ただ事実を事実として語るリックの言葉に、目を逸らし続けた現実が目の前までやって来る。

「この世界はお前達の境遇に同情してくれる程優しくはない。この世界はお前達の境遇に配慮してくれる程甘くはない。無感情に、非情に、ただただ動き続ける。これがその結果だ」

……ラピスラズリ、試練を与え、乗り越えた人に幸福をもたらすとされる石。

本気じゃなかった。信じていたわけじゃなかった。ただのおまじない。ただの気休め。でも、心の片隅にずっとあった希望。いつか、幸福な未来がやって来るのではないかと。人を追い落としたり辱めたり、殺すことで幸福な未来なんて来るはずがないのに。

どこかで破綻すると分かっていた。それでも、あるはずのない希望に縋って進み続けるしかなかった。

抗う術を持たない弱者《子ども》にどうしろと？

「リエンブールに抗議をした結果、お前の親達はお前達が勝手にしたことで自分達は無関係だと主張した」

驚きはしない。あれだけ「自分達に何かしたら両親が黙っていない」と言っておいておかしな話だけど、あんなのはハッタリだ。本当は分かっていた。

私もお兄様も、お父様とお母様の欲望を叶える為の道具にすぎないって。

「大罪を犯したお前達をアラバン子爵家から絶縁するそうだ」

私にはお兄様だけ。お兄様には私だけ。生まれた時からずっとそうだった。

「悔しくはないか？」

きっと王族暗殺未遂やら窃盗未遂やらで、殺されることになる。そう他人事のように思っていると悪魔の囁き声が聞こえた。

「お前のことはセレナから聞いている。とても使える人材だと。そして闇ギルド《うち》は万年人手不足なんだ」

リック・オズヴァルト、私に何かをさせる気だろうか？

両親から見捨てられ、自国から後ろ指を差されるだけの存在にまだ利用価値があると？

「このままいけば、お前の死は免れない。大人達に利用されるだけされて死ぬなんて悔しいだろ？」

「だから？　あんたに利用されろと？　私達を使っていた奴らと、あんた達と何が違う？」

「利用するという点では同じだな。ただ、お前には選択権が与えられている。と、言っても拒否すれば死ぬしかないがな」

「それはないのと同じじゃない」

いや、リエンブールでは〝死〟という選択肢すら与えられなかったから、こっちはまだマシか。彼の言うとおり、全ての罪を私とお兄様だけが被って死ぬなんて御免だわ。

最初に私達を捨てたのは両親《あいつら》。「いらない」と言って私達を捨てるのなら、私も彼らを「いらない」と言って捨てるだけ。

「このままはイヤ。アイツらに報いを受けさせたい」

「いいぜ。俺の部下になるのなら手伝ってやる」

「分かったわ。なら、私は喜んであんたの手を取る」

これで良いわよね、お兄様。

私はお兄様の形見となってしまったピアスをつける。

これから先も私はお兄様と一緒。お兄様、一緒に復讐をしましょう。

「闇ギルドへようこそ、アイーシャ。お前を歓迎する」

†††

リエンブール　side.アニータ

「アニータ・アラバン、ラヒーム殿下、シャガード殿下暗殺未遂により逮捕します」

「は？」

朝早くに邸の中が騒がしくなったと思ったら、夫婦の寝室に騎士どもが急に押しかけてきた。

「ちょっ、何をするの、放しなさい！」

「おい、俺は王族だぞ！　こんなことをしてタダで済むと思、うぐっ！」

私もラヒームも裸だった。当然だ。愛し合っている男女が夜を一緒に過ごしていたのだから。

それなのに騎士どもはお構いなしに私達をベッドから引き摺《ず》り下ろした。

いずれ国母となる私に対する騎士の横暴には怒りしか出てこない。

「ラヒーム殿下、あなたへの捕縛命令は陛下が出されたものです」

「なっ、父上が、そんなはず、そんなはずあるわけがないっ」

「そうよ、出鱈目《でたらめ》を言わないで」

きっと私のことを妬んだ馬鹿な女どもの策略ね。

この前だって自分の夫を私が寝取っただなんだっていちゃもんつけてきて。私の誘惑に勝てない男が悪いし、そんな男を繋ぎ止めることができない自分が悪いのに。

女って、すぐに何でもかんでも美人のせいにするんだから、本当に嫌な生き物だわ。

「あなた方には他にも罪状があります。その証拠も全て揃っています。言い訳は法廷で陛下と裁判官に言ってください。我々騎士の役目は事件の捜査と容疑者の捕縛であり、容疑者の言い訳を聞くことではありません」

私はレディーなのに、騎士達は紳士的に振る舞うこともせず、乱暴に連行した。

そして日があまり差さないカビ臭い地下牢へ入れられた。

「ちょっと、どういうことよっ！　私は貴族なのよ」

「俺は王族だぞ。その俺がどうしてこんな地下牢に入れられないといけないんだっ！」

この国の牢屋には平民用、貴族用、王族用がある。私は貴族令嬢でしかも王子であるラヒームの恋人だから王族用の牢屋に入れられてもおかしくはないはずなのに、私とラヒームが入れられたのはなぜか平民用の牢屋だった。

私とラヒームが正当な権利を主張しているのに、騎士どもはまるで耳が聞こえていないかのように私達を無視して行ってしまった。

信じられない。

こうなったら、なんとしてでも国母になってやる。そしてさっきの騎士も、邸に押しかけてきた騎士も全員、処刑してやるんだから。

「お父様、お母様」

「アイーシャ？」

「アイーシャっ⁉」

ちょっと見ない間に雰囲気が変わったけど、目の前にいるのは間違いなくアストラに留学していた私の娘だ。

シャガードの暗殺にも、足場固めの為の有力貴族との交友も、アストラの王子に取り入ることにも失敗した出来損ないの娘。

役立たずだとは思っていたけど、助けに来てくれたのね。最後の最後でこの子が役に立って良かったわ。でなければ、産んだ意味がないもの。

「さすがは私の娘だわ。早くここから出してちょうだい」

もう手段を選んでいる暇はない。

なんとしてもラシードとシャガードを殺して玉座を奪わないと。

「何を勘違いしているの？　別に私、あんたらを助けに来たわけじゃないから」

「は？　じゃあ、何をしに来たって言うのよ？」

「お兄様が死んだわ」

「だから何よ？」

シャガードの暗殺に失敗した役立たずのことなんて、今はどうでもいいでしょ。それよりも早くこんなカビ臭いところから出たいんだけど。そんなことも分からないなんて、私に似ず鈍いんだから。

ああ、ラヒーム《父親》に似たのね。私が自分だけを愛していると今でも思っている彼の鈍さのおかげで私は〝王族の女〟という立場を手に入れられたから、感謝はしてるけどね。

「ねぇ、お兄様と私だけが死ぬのなんて不公平だと思わない？」

「アイーシャ、何を言っているんだっ！　今はそんなのどうでも良いから俺達を早くここから出せっ！」

「そうよ、アイーシャ。訳の分からないことを言ってないで早く！」

「どうでもいいのね。本当に、どうでも良かったのね。馬鹿みたい。馬鹿よね、お兄様。私達って本当に馬鹿ね」

アイーシャは仄暗《ほのぐら》い光を瞳に宿していた。彼女のこんな目は見たことがなかった。

いつも私の言うことを聞くいい子だったのに。一体、どうしたというの？

「最初に私達を捨てたのは、あなた達よ。なら、私達があなた達を捨てても何も問題はないでしょう。だって、役立たずは捨てても問題はないのだから」

にっこりとアイーシャは微笑んだ。その笑みに私達は戦慄した。

そこには狂気が宿っていた。

†　†　†

「今一度、報告をしてくれ」

「はい、陛下。アニータ・アラバン及びラヒーム殿下が獄中で命を落としました」

「自殺ではないのだな」

「はい。外部からの何者かの手によるものと推察できますが、手がかりはありません。彼らはまるで化け物にでもあったかのような恐怖に顔を歪ませた状態で亡くなっています。騎士の中には生死不明となっているシャハルナーズ前王妃が実はアニータ・アラバンとラヒーム殿下に殺されており、前王妃が彼らを呪い殺したのではないかと言う者まで出ています」

シャハルナーズが生きていることはごく一部の者にしか知られていないので、そのような噂が立つのは仕方のないことだった。

それにアニータとラヒームの死に顔は、一般人より死体を見慣れているはずの騎士ですら目を背けたくなる程酷いものだったなら尚更。

「獄中で殺されるとはとんだ失態だな」

「はっ。申し訳ございません」

「これ以上の混乱を避ける為にも、何よりも王家の威信を守る為にも二人は処刑されたことにする。調査の結果、二人が黒であることは明白だしな。裁判は行ったことにしておけ」

「はっ」

†　†　†

「アイーシャ・アラバン子爵令嬢だけど、国に強制送還して裁判を行うはずだったのが、行方不明らしい」

イスマイールの件が片付き、シャガードの帰国を明日に控えた今朝、私はエヴァンに王宮へ呼ばれて、アイーシャのその後のことを聞いていた。

「アラバン子爵家が先に手を打ったの？」

「その疑いもあるが、どうも違うらしい。何が起こったのかは神のみぞ知るというやつだね」

「まるで神隠しにでもあったような言い方をするのね」

「それぐらい説明のつかないことが多いのさ」

「そう」

アイーシャならアストラにいるけどね。

彼女はその身に宿した憎悪の深さを買われ、リックの部下になった。現在は彼女お得意のハニートラップを使った暗殺術を伝授されていることだろう。

近いうち、アイーシャに似せた死体が用意され、彼女は世間一般では死んだことになる。そして完全に裏社会の人間となるのだ。

「アラバン子爵夫妻は処刑されたそうだ。最後まで全ては子供達の独断であり、自分達は無関係だと騒いでいたそうだ。でも、他国に武器を売り捌いていた証拠やら横領の証拠やら、色々と出てきたようだよ。そしてシャガードを暗殺しようとした証拠まで。言い逃れできない程に」

これでリエンブールは厄介な芽を完全に潰すことができたのか。アストラとしてもリエンブールに恩が売れたし、アイーシャとイスマイールに従っていた下級貴族の子息・令嬢にもお灸を据えることができた。

親達も今後は情報収集や状況判断の重要性を徹底させて、二度と同じことを起こさせないだろう。でなければ、今後こそお家断絶だ。

一件落着といったところね。

「後味の良いものではなかったけど、王位争いとはそういうものだ。負ければ、死しかない」

アストラでも側妃と、側妃の子であったエインリッヒが王位争いに破れて消えていったのはたった数か月前のことだ。エヴァンにとっては他人事ではないのだろう。

「綺麗事の中で美しいまま死ぬか、血に染まりながら汚泥の中で生きるか。人は常に選択できる。お前もシャガードも選択しただけだ。それぞれの目的と理想の為に」

「そうだね」

エヴァンはそれでも割り切れない感情があるようで、それを苦い紅茶と一緒に無理やり飲み込んでいるように見えた。

つくづく王族というのは生きづらい連中だと思う。

「帰る。明日、シャガードの見送りに顔を出す」

「ああ」

両親の愛情が偽物であると知りながら、それに縋るしかなかったイスマイール・アラバン。

両親の真実の姿から目を逸らし、自分の信じたい虚像を見ていたアイーシャ・アラバン。

その二人を「いらない」と言ってゴミのように捨てた夫妻は結局、国に「いらない」と言って捨てられた。

「捨てたら、捨てられる。因果応報というやつかしらね」

十三、ルビーに秘められた想い

長いようで短い留学期間だったわね。

任務につき、世話につきだったたし、戦闘の稽古までつけたりと今思えば慌ただしい日々だった。これ、リックに言って暫く休暇申請をしても良くない？　というか特別ボーナスを貰《もら》っても良いわよね。

「セレナ、今までありがとうございます。あなたには本当にお世話になりました」

「私もシャガード殿下のおかげで充実した日々を送れました」

いや、本当に。二度と御免だわ。

「セレナ、これを貰ってくれませんか？」

「ルビーのブローチ、ですか？」

「ええ」

周囲がどよめいたのが分かった。隣にいるエヴァンは眉間に皺を寄せている。

当然だろう。これはリエンブールの国宝と呼ばれているものだ。

これを他国の公爵令嬢でしかない私に渡すなど、いつか王妃に迎えたいと内外に示したよう

なもの。

どういうつもり？

「深い意味はありません。ただ、ルビーはあらゆる危険や災難から持ち主の身を守り、戦いを勝利へ導く石とされています。だからこそ、あなたに持っていて欲しいのです」

シャガードはルビーのブローチを私の手に乗せて、無理やり握らせた。

「狩猟祭でのことを聞きました。戦闘可能な令嬢として今回のように他国の賓客を守る役割をこなすこともあるあなたには一番必要なものだと思います。あなたにはたくさんお世話になりましたから、これは友情の証です」

「そうですか。ありがとうございます。大切にしますね」

「おい、本当にただの友情の証だと思うか？」

「そんなわけないでしょう。エヴァン殿下、馬鹿なんですか」

「エヴァン、何とかしないとセレナ嬢を連れ去られるぞ」

「エヴァン、不甲斐ないわね。さっさとモノにしてしまわないからよ」

エヴァン、ティグル、陛下に王妃までガヤガヤと煩いわね。

友情の証だとシャガードが言っているのだから、友情の証でしょう。まあ、友情っていうより師弟関係みたいなものだけど。

「それでは陛下、王妃陛下、エヴァン殿、セレナ嬢にティグル殿も。お世話になりました。貴国の恩は忘れません。いずれ、立派な王となった暁には必ずこの恩を返しに参ります」

シャガードは私達に深く一礼して馬車に乗り込み、国へと帰っていった。

†††

「やっと少しはゆっくりできるわね」

私は暇そうにしているブルースをテラスから庭先に出して、木の棒を投げてやる。

犬は投げた棒を拾って遊ぶものだとマリンが言っていた。どうもブルースに嫌われているようなので関係改善をするべきだろう。

ローズマリーが連れてきた時にはただの駄犬かと思ったけど、思った以上に賢い。上手くしつければ、ごろつきを噛み殺せるぐらいの用心棒にはなるかもしれない。

「そんなに気に入ったんですか？　そのルビー」

宝石に興味のない私が、貰ったルビーを太陽に翳しているのがティグルには珍しかったようだ。

「別に。ただの石に守護のような力が本当に備わっているのか、ちょっと気になっただけ」

「石頼みしなくてもあなたの敵ぐらい私が全て排除します」

牢に閉じ込められて怯えていただけの奴が随分と頼もしくなったな。

「ならば、これは必要ないな」

「はい」

ティグルはなぜか嬉しそうに私からルビーを受け取り、引き出しにしまった。

知らない人間から見ればまだ無表情に見えるかもしれないが、初めて会った時に比べれば感情豊かになったな、とその表情に感慨を覚える。

他者の生に関わり、自らの力を注いで鍛え、その変化を見守る。師匠が私に感じていたのも、こういう感情なのだろうか。

私は嬉しそうに戻ってきたブルースから木の棒を受け取り、もう一度投げてやる。

「何が楽しんだか」

宙を舞う木の棒を追いかけるブルースを見ながら、次はどうやってコイツを戦闘犬に教育するか考えることにした。

あとがき

この度は『元暗殺者、転生して貴族の令嬢になりました2』を手に取っていただき、ありがとうございます。また、皆様にお会いできて嬉しいです。

この作品はもともと、ウェブで中編だったものに大幅に加筆して一冊に仕上げたものだったので、二巻の話が来た時はとても驚きました。

二巻はどんな話にしようかと、書いては消しての繰り返しでようやく完成しました。自分が思った程は完成に時間が掛からなかったので、そこはちょっとだけ安堵しました。

一巻に比べて、二巻はどうだったでしょうか？　自分では面白いと思ったのですが、同じように思ってくれると嬉しいです。

今回、スカラネットをセレナの友人枠で再度登場させましたが、彼女は本来モブキャラで、一巻の狩猟祭以降は出番なしの予定でした。

けれど、セレナには、まぁ、彼女の性格のせいでもあるんですが、元暗殺者であり現役でもある彼女が醸し出す雰囲気のせいで友達が皆無。一人ぐらいいてもいいのでは？　と思い、スカラネットに白羽の矢が立ちました。
因みに余談なのですが『白羽の矢が立つ』って、生贄《いけにえ》に選ばれた少女の家の屋根に目印として白羽の矢が立てられたことから由来しているそうですよ。怖いですね。

脱線したので話を戻しますが、スカラネットは二巻ではおバカキャラで描きました。バカじゃなきゃ、セレナと友人になろうとは思わないかな、と。セレナはいろんな意味で隠し事が多いし、危険なので賢い人は自分から近づかない存在なので。
ただ、そんなスカラネットだからこそ見えているものがあり、ティグル、エヴァンやリックにはできない方法でセレナを支えられる、導けるのではないかとも考えました。

表紙は今回、和風テイストになっています。本編とはあまり関係がないのですが、簪や鉄扇などが登場することもあり和風テイストになりました。一巻とはまた違った魅力のセレナが目を惹きます。
皆様のおかげでコミックの連載も順調に進んでいます。原作との違いを含めて、楽しんでいただけたら幸いです。よろしくお願いします。

二〇二三年七月吉日　音無砂月

近刊情報！
コミカライズ
連載大人気御礼！
『元暗殺者、
転生して貴族の
令嬢になりました。』
漫画：七月ふう　原作：音無砂月
キャラ原案：みれあ
コミックス
第1巻
10月6日（金）
発売予定
PASH UP!
URL https://pash-up.jp/
Twitter @pash__up

PASH!ブックス

好評発売中
勘違い妄想令嬢×腹黒策略家男子
すれ違い暴走系ラブコメディ

軍人令嬢は年下幼馴染♂が可愛すぎて今日も瀕死です！

著：荒瀬ヤヒロ　　イラスト：黒裄

武勇を誇るスフィノーラ侯爵家に生まれた令嬢テオジェンナは、高潔かつ剛健な男装の麗人。しかし彼女には致命的な弱点があった。「あーっ!!　可愛いいいいぃぃいっつ!!　私の小石ちゃんんんっ!!!!」幼馴染であるゴッドホーン侯爵家の八男・ルクリュスの可愛さに耐えられず、日々絶叫し悶え苦しんでいるのである。彼の幸せのために、自分の想いを押し殺そうとするテオジェンナだが、見た目とは大違いの腹黒策略家であるルクリュスが望んでいるのは、もちろんそんなことではなくて——!?

好評発売中
「まさか俺、腐ってるぅぅぅ〜!!!???」から始まる
異種族魔物パーティーの痛快成り上がり冒険譚

ダンジョンコア喰ってみた★ 殺されたらゾンビになったので、進化しまくって無双しようと思います

著：幸運ピエロ　　イラスト：東西

ソロ冒険者のアウンは魔剣を狙う冒険者パーティーに騙され、瀕死の重傷を負わされる。「あいつら、許さねぇ…」と恨みながら死の淵をさまようが、なぜかHPが0になっても意識はなくならないまま、気づけば「俺、腐りだしてるぅぅぅー!?」ゾンビ＝魔物となったアウンは、ダンジョンコアを食ってダンジョンを魔改造する力を手に入れ、モフモフ妖狐やボンキュッボンのオークなど集まってきた魔物達と共に最強を目指す！ゾンビ×進化＝無双!?　最底辺魔物から最強に駆け上がる下剋上ダークファンタジー！

PASH!《パッシュ》 BOOKS《ブックス》

URL　https://pashbooks.jp/
Twitter　@pashbooks

この本を読んでのご意見・ご感想・ファンレターをお待ちしております。
<宛先>〒104-8357　東京都中央区京橋 3-5-7
（株）主婦と生活社　PASH! ブックス編集部
「音無砂月先生」係

※本書は「小説家になろう」（https://syosetu.com）に掲載されていたものを、改稿のうえ書籍化したものです。
※この作品はフィクションであり、実在の人物・団体・法律・事件などとは一切関係ありません。

PB
PASH! ブックス

元暗殺者、転生して貴族の令嬢になりました。2

2023年8月14日　1刷発行

著者　音無砂月
イラスト　みれあ
編集人　山口純平
発行人　倉次辰男
発行所　株式会社主婦と生活社
〒104-8357　東京都中央区京橋 3-5-7
03-3563-5315（編集）
03-3563-5121（販売）
03-3563-5125（生産）
ホームページ　https://www.shufu.co.jp
製版所　株式会社明昌堂
印刷所　大日本印刷株式会社
製本所　下津製本株式会社
デザイン　浜崎正隆（浜デ）
編集　堺香織